Barbara '98

Einaudi Tascabili. Letteratura
443

Dello stesso autore negli Einaudi Tascabili

Il fantasma di Mozart e altri racconti
I dodici abati di Challant
Il miracolo di santa Odilia
Gli occhi dell'imperatore
I tre cavalieri del Graal

Laura Mancinelli

I casi del capitano Flores

Il mistero della sedia a rotelle

Einaudi

ISBN 88-06-14509-6

I casi del capitano Flores

Il mistero della sedia a rotelle

1.

Il cadavere dei Murazzi

– Ci sono! L'ho toccato! – Il grido risuonò nella nebbia dei Murazzi, tra una piccola folla di persone che armeggiavano con pali e arpioni sulla riva del Po.

– Sei riuscito ad arpionarlo? – chiedeva un'altra voce.

– Mi è sfuggito. Ora ci riprovo. Ma con questa nebbia... accidenti... Piú in qua i fari. Non ci si vede niente –. Ci fu un mormorio nella folla, poi qualcuno gridò:

– Là! a sinistra, si vede una macchia scura, dev'essere qualcosa che galleggia. La corrente la sta spingendo verso il ponte. La vedi?

Un faro spostò la sua luce sullo specchio d'acqua verso sinistra, e apparve una massa scura galleggiante alla deriva.

– È troppo lontana. Non riesco ad arpionarla, – disse la prima voce. – Ci vorrebbe una barca.

Si vide nella nebbia la sagoma di un natante staccarsi dalla riva. Sopra stavano tre uomini, uno dei quali al timone. Raggiunsero la massa galleggiante mentre la nebbia si infittiva con il calar della notte. L'agganciarono con l'arpione e la rimorchiarono a riva. Dalla folla ferma sui Murazzi giungevano domande:

– È lui? È quello della telefonata? – Dalla barca nessuno rispondeva. I due uomini che avevano agganciato la massa con gli uncini erano troppo occupati a non lasciarsela sfuggire, mentre il timoniere virava di bordo per evitare la rapida del ponte della Gran Madre di Dio.

Approdarono sullo scivolo delle barche trascinando su la massa scura che avevano agganciata. La rivoltarono. Apparve il volto tumefatto di un uomo illuminato dai fari.

– Dio, che brutto! – disse una voce dalla folla.

– Vorrei vedere te, dopo cosí tante ore in acqua, – rispose un'altra voce. Infatti erano passate cinque ore da quando era giunta alla polizia la telefonata di un canottiere che diceva di avere scorto un cadavere nelle acque del Po. Diceva che lo aveva visto sotto il ponte Isabella, impigliato in un cespuglio d'erbe acquatiche vicino alla riva sinistra del fiume, ma forse il cadavere non stava piú lí, perché era passato qualche tempo prima che lui, il canottiere, potesse tornare a riva, rivestirsi e trovare un telefono. Come si chiamava chi? lui? Adamo Rossi, Società canottieri Rari Nantes.

Mentre alcuni agenti partivano subito per ispezionare la riva sinistra del Po, altri controllavano la chiamata che doveva essere stata fatta dal telefono della Rari Nantes. Il gestore rispose che nessuno quel pomeriggio aveva usato il telefono della Società, anzi nessun canottiere era presente in sede e tanto meno sul fiume, dal momento che stava scendendo una nebbia fitta e fredda che avrebbe sconsigliato ogni velleità di escursione. Altro fatto strano: negli elenchi della Società non risultava nessun Adamo Rossi.

Pattuglie di agenti avevano ispezionato la riva sinistra del fiume, dal ponte Isabella fino a tutto il Valentino. Non avevano trovato niente. Cominciavano a convincersi che quella telefonata fosse uno scherzo, o il vaneggiamento di un mitomane, quando furono avvisati che un fagotto, una massa nera era stata avvistata a qualche metro dalla riva dei Murazzi. Infatti sul luogo si era radunata una piccola folla.

Quando gli agenti erano arrivati sul posto, già qualcuno stava cercando di agganciare la massa galleggiante con un lungo arpione per barche; ma la paura di sfregiare il cadavere (perché subito si era diffusa la voce che doveva trattarsi di un cadavere), aveva fatto fallire i tentativi di aggancio e provocato l'allontanamento della massa galleggiante. Fu a quel punto che gli agenti intervennero mettendo in acqua una delle barche che stavano sulla riva. Tirato fuori dall'acqua, il cadavere si rivelò per quello di un uomo di circa cinquant'anni, con folta barba nero-grigia, vestito con una certa proprietà benché gli abiti fossero infradiciati dall'acqua e sporchi di fango.

Gli agenti faticarono a tener lontana la folla dei curiosi che si accalcava attorno al corpo e che si disperse solo all'arrivo dell'ambulanza che lo portò via. La gente si allontanava senza fretta commentando l'accaduto.

– Dev'essere un suicida, – diceva qualcuno.

– Non è possibile, – ribatteva un altro, – non aveva né l'aria né l'abbigliamento del disperato.

– Perché? Lei sa che faccia ha uno che si vuol suicidare? e in che modo si veste per l'occasione? – Con queste chiacchiere a vuoto la folla si disperdeva.

Nessuno notò una sedia a rotelle con sopra una figura infagottata, che si era sempre tenuta a una certa distanza, e che ora si allontanava in direzione del ponte della Gran Madre di Dio.

Il corpo si rivelò privo di documenti e di portafoglio. Risultò altresí che non era morto per annegamento, perché non presentava le tipiche tracce dell'affogato. Quindi non era un suicida. Tuttavia non presentava lesioni evidenti. Al perito sarebbe spettato il compito di risolvere il mistero, all'Istituto di Medicina Legale, una volta espletati i tentativi di identificazione.

Tentativi che non andarono oltre una vaga ricostruzione del volto fatta da un esperto, e diffusa in varie copie nei corridoi del Commissariato. Dalla ricostruzione, resa ardua dal fatto che il cadavere era stato a lungo immerso nel fiume, risultava un uomo con folta barba – su quello non c'erano dubbi perché non si era mai visto che la barba crescesse stando in acqua – forse abituato a portare gli occhiali, perché due leggeri solchi sotto le tempie ne suggerivano l'uso – ma degli occhiali non s'era trovata traccia. L'esperto, per maggior esattezza, aveva disegnato facce dello sconosciuto senza occhiali e con occhiali, tutte piuttosto massicce come doveva essere il soggetto da vivo; con un naso abbastanza grosso, e un porro accanto al naso.

Queste ricostruzioni stavano appese alle pareti del Commissariato in attesa che qualcuno riconoscesse il personaggio in questione. Una foto, con barba, e con e senza occhiali, fu pubblicata anche sulla «Stampa», con la domanda: Chi l'ha visto?

Del caso si occupò per qualche tempo anche la televisione nell'apposita rubrica. Frattanto il cadavere giaceva in un cassetto refrigerato dell'obitorio sottoposto ad attenta analisi da parte del perito settore.

Al Commissariato in questione, quello piú vicino ai Murazzi dove il cadavere era approdato, capitò un giorno il professor Paride Rossi, per denunciare il furto, o smarrimento – di questo non era assolutamente certo –, della sua cartella di cuoio in cui teneva gli appunti per le prossime lezioni universitarie da lui diligentemente preparate con molto anticipo. Mentre aspettava di essere ricevuto dall'agente di servizio in assenza del capitano di polizia, vide i ritratti appesi al muro e gli parve di riconoscere un personaggio noto, dall'inconfondibile fisionomia, un celebre semiologo italiano.

Si avvicinò, si tolse gli occhiali per vedere meglio da vicino, si allontanò rimettendoseli per guardarlo da lontano, poi chiese all'agente che si era fatto sulla porta per invitarlo a entrare:

– Mi scusi, ma questo porro vicino al naso è opera del disegnatore o c'era proprio sul cadavere?

L'agente non sapeva: non si era occupato lui di quel caso. Il professore fece la sua denuncia di smarrimento (si era convenuto di parlare di smarrimento e non di furto, perché chi avrebbe avuto interesse a rubare appunti letterari, scritti a mano e quindi pressoché illeggibili?)

– Badi però che si tratta di un corso importante, – disse il professor Paride Rossi uscendo dalla stanza, – un corso su Giovanni Sercambi, contemporaneo del Boccaccio.

– Non dubiti, professore, – lo rassicurò l'agente, – faremo tutto il possibile per ritrovare i suoi appunti e l'avviseremo quando li avremo trovati –. E intanto, pensando tra sé, chi mai poteva essere questo signore contemporaneo del Boccaccio, si metteva in tasca con gesto meccanico la denuncia del professor Paride Rossi, per seppellirla piú tardi sotto una pila di vecchie denunce dimenticate.

Fu allora che Paride Rossi, ignaro del gesto professionale dell'agente, fissò nuovamente lo sguardo sui ritratti del cadavere.

«Devo venire qui con mia moglie, – si disse, – lei lo conosce meglio perché è una sua grande ammiratrice».

Ritornò infatti il mattino seguente con la moglie, la quale come ebbe veduto le foto del signore con la barba ripescato nel Po, emise un gridolino:

– È lui, non c'è dubbio! – Poi però aggrottò la

fronte e si avvicinò a uno dei ritratti fino a metterci quasi il naso sopra.

– Che cosa guardi? – chiese il marito avvicinandosi a sua volta.

– Quel porro accanto al naso... mi pareva dall'altra parte.

– Tieni conto che è una foto, la realtà è speculare.

– E poi posso sbagliarmi; non lo conosco cosí bene.

– Che cosa facciamo? Sarà il caso di riferire i nostri sospetti alla polizia?

La moglie del professor Rossi rimase un po' pensierosa, poi disse che preferiva tornare a vedere quei ritratti con una sua amica che era stata di recente a un convegno presieduto dal celebre semiologo, e che quindi doveva ricordarselo bene. Le pareva la cosa migliore prima di mettere in allarme non solo la famiglia, ma tutto il mondo culturale italiano e straniero. D'altra parte la lunga permanenza in acqua del cadavere aveva reso pressoché irriconoscibili i tratti di quel viso, e il lavoro dell'esperto che li aveva ricostruiti ne risultava assai poco chiaro. Solo la barba era fuori discussione.

– Sai, – diceva la moglie del professor Rossi alla sua amica mentre si recavano al Commissariato, – mi sembra strano che la scomparsa di un tale personaggio sia passata finora inosservata; neppure la famiglia ne ha fatto denuncia.

– La famiglia può non saperne niente. Lui è quasi sempre in giro per il mondo. La settimana scorsa ha tenuto una conferenza a Gorgonzola, molto bella, sulla semiotica dei Galli Salassi. Ma questa settimana doveva incominciare un corso mirato, ad alto livello, nelle isole Pribilov, che lo avrebbe impegnato per almeno un mese.

Giunte al Commissariato, le due signore si misero a esaminare attentamente i ritratti esposti. L'amica della signora Rossi apparve perplessa:

– Sembra proprio lui, – disse, – certo non in buone condizioni. D'altra parte quando uno sta tanto tempo in acqua... Ma come mai non l'hanno ripescato subito dopo la telefonata?

– È tutto molto strano, – disse la signora Rossi. – Mi sono informata da qualcuno che ha assistito al recupero del cadavere. Già quell'Adamo Rossi, che non è affatto parente del mio Paride, sia ben chiaro, ha fatto la telefonata alla polizia molto tempo dopo aver avvistato il corpo: dice che era sul fiume a vogare, da solo, ha dovuto scendere a terra, rivestirsi, e cercare una cabina telefonica. È passato un bel po' di tempo, come puoi ben renderti conto.

– Ma se era un canottiere, perché non ha telefonato dalla sede della sua Società?

– Proprio questo è il punto! La Rari Nantes, che lui ha detto essere la sua Società, non lo conosce. Adamo Rossi non è iscritto alla Rari Nantes. Capisce?

– Capisco. Tutta la faccenda mi sembra assai aggrovigliata. Hanno già fatto l'autopsia?

– Non credo. Hanno detto subito che non è morto per annegamento: nel fiume c'è finito già cadavere. Che si fa?

– Dichiariamo alla polizia il nostro sospetto che si tratti del celebre semiologo, e che avvertano la famiglia, con tutte le cautele del caso...

– A proposito, – disse la signora Rossi, – questo porro al lato del naso, ti sembra al posto giusto?

L'amica della signora Rossi osservò attentamente il ritratto:

– Forse è stato messo troppo in alto, dovrebbe essere piú vicino al labbro superiore.

– Ma non dovrebbe essere dall'altra parte del naso?

– No no, mia cara! È proprio lí, sulla sinistra. Me lo ricordo bene!

2.
Notizie dalle Pribilov

La polizia fece quello che chiedevano le due signore, cioè una telefonata alla famiglia del celebre semiologo. Chi rispose al telefono, forse la moglie, certamente una voce di donna, non ebbe dubbi: il professore era vivo e stava benissimo; aveva inviato un fax la sera precedente dalle Pribilov, e tutto procedeva per il meglio. Il corso di semiotica mirata riscuoteva grande successo tra la popolazione locale, che si dimostrava molto interessata ai possibili sviluppi pratici della semiotica mirata.

La polizia si affrettò a diffondere la notizia. Il mondo della cultura tirò un sospiro di sollievo.

Nessuna traccia invece della cartella con gli appunti su Giovanni Sercambi. Ma le ricerche, assicurava l'agente che aveva raccolto la denuncia del professor Rossi, continuavano col massimo impegno.

Restava un problema da risolvere: l'identificazione dello sconosciuto dei Murazzi. Il capitano di polizia Florindo Flores guardava perplesso il corpo disteso nella bara di plastica con cui era arrivato all'obitorio. Era molto stupito dal fatto che quel cadavere non suscitasse in lui né pietà né ripugnanza.

«Forse questo mestiere mi sta togliendo ogni sensibilità, – pensò. – È ora che vada in pensione, mi compri una casetta con un po' d'orto e di giardino e passi il mio tempo coltivando fiori. È troppo tempo che faccio questo mestiere. Ora sono qui, di fronte a uno che fino a qualche giorno fa era vivo, uno come me, forse con dei figli, una moglie, una vita normale; e io di fronte al suo cadavere non provo niente. Sarà il mestiere, ma non vorrei che l'assuefazione mi togliesse ogni senso di umanità».

Lo guardò a lungo immerso nei suoi pensieri. Già, ma come era morto quello? Non presentava nessuna ferita né da arma da fuoco né da taglio. Avvelenato, probabilmente. E poi buttato nel fiume.

– Bah, – disse andandosene, – ci penserà l'autopsia. Per ora il mio compito finisce qui.

Intanto dalle Pribilov continuavano a giungere notizie rassicuranti: tutte per fax, naturalmente. Il corso era seguito con la massima attenzione dai residenti perché era mirato – questo apparve chiaro a poco a poco – alla sopravvivenza e alla riproduzione delle foche, cose a cui la semiotica poteva dare un valido contributo. Ci fu un attimo di sorpresa quando i fax cominciarono a parlare di canguri. Alle Pribilov non ci sono canguri, lo sanno tutti. Si ritenne che fosse un errore di stampa e non ci si pensò piú.

Maggiore emozione provocò una notizia proveniente dall'obitorio: lo sconosciuto dei Murazzi non pareva essere stato ucciso in nessuna maniera. Nessuna lesione interna né traccia di veleno. Gli organi, dal cuore al fegato ai polmoni, erano tutti in ottime condizioni. Anche il cervello, benché evidentemente privo di irrorazione sanguigna per diversi giorni, non mostrava traccia alcuna di necrosi. Era come se quell'uomo non fosse mai morto. O non fosse mai stato vivo.

Frattanto le notizie dalle Pribilov cominciavano a farsi allarmanti: si continuava, per esempio, a parlare di canguri, della loro difficoltà di riproduzione in un ambiente cosí freddo e notoriamente ostile ai marsupiali. Il mondo della scienza si domandava perché si fosse tentato di introdurre canguri alle Pribilov, per quale scopo. Ma non si potevano rivolgere queste domande al mittente dei fax, perché non era indicato in nessun modo. Si supponeva che provenissero dal capoluogo delle Pribilov, ma non si potevano chiedere chiarimenti perché non contenevano nessuna indicazione di apparecchio trasmittente. L'allarme si fece piú acuto quando i fax cominciarono a trasmettere notizie di pappagalli e scimmie.

A quel punto fu deciso di allertare il WWF.

3.

Secondo cadavere ai Murazzi

Tutto si ripeté come in una scena dal medesimo copione. Sola variante: il canottiere che fece la telefonata questa volta disse di chiamarsi Evaristo Rossi. Socio anche lui della Rari Nantes. Dove però nessuno lo conosceva. Al Commissariato, sempre lo stesso, a cui giunse la telefonata, non fecero in tempo a chiedere chiarimenti perché il sedicente Evaristo Rossi aveva già riattaccato.

– Questo è uno sciacallo, – sentenziò l'agente che aveva ricevuto la telefonata, – ci scommetto la testa.

Non era uno sciacallo. Infatti poco dopo, portato dalla corrente che era quel giorno particolarmente forte perché era piovuto, apparve al largo dei Murazzi un fagotto scuro che richiamò l'attenzione dei passanti. Ben presto si formò una piccola folla. Tutti additavano il fagotto che, questa volta, per un capriccio della corrente, venne sospinto fino a incagliarsi tra le barche attraccate alla riva. Fu tirato all'asciutto, rivoltato, ma ormai tutti sapevano che era un cadavere. Destò un certo stupore, invece, il fatto che il morto somigliava in modo assai strano allo stesso ripescato il mese prima.

– Pare un fratello, – disse qualcuno.

– Parrebbe il medesimo, – disse un altro, – se non che è inverosimile che la polizia l'abbia ributtato in acqua.

– È da escludersi, – sentenziò un terzo, – sarebbe un reato.

In quel momento si udí la sirena dell'auto della polizia che scendeva ai Murazzi. Ne smontò il capitano Florindo Flores. Si curvò sul cadavere, lo osservò a lungo, constatò che era in condizioni migliori del precedente, certo perché era stato meno a lungo nell'acqua. Infatti era passato poco tempo dalla telefonata del sedicente Evaristo Rossi – ma chi era costui?

Mentre il capitano faceva tra sé queste riflessioni, un agente gli toccò una spalla:

– Mi scusi, signor capitano, ma è uguale a quell'altro.

– Me ne sono accorto, me ne sono accorto. D'altra parte questo è un tipo comune tra gli intellettuali: cinquanta, cinquantacinque anni, barba, occhiali... guardi qui, sono rimasti impigliati nella sciarpa. E probabilmente nessun documento di identificazione. Portiamolo all'obitorio.

Con la partenza della polizia la folla lentamente si sciolse commentando la strana vicenda. Anche questa volta nessuno fece caso a una sedia a rotelle che si allontanava per ultima.

Il capitano aveva indovinato: nessun documento. Come nell'altro caso, nessuna traccia di violenza, né di annegamento. Dalle foto ritoccate per l'identificazione apparve il ritratto di un signore un po' corpulento, in tutto simile all'altro. Unica eccezione evidente: il porro stava indiscutibilmente dall'altra parte del naso.

– Questi uomini con la barba si somigliano tutti, – disse una signora che, per essere una devota del celebre semiologo, seguiva la vicenda con il massimo interesse. – D'altra parte non può essere lui, né questo né l'altro: abbiamo saputo tutti che è impegnato in un corso di semiotica mirata alle Pribilov.

Ma la signora non era ben informata: nuove notizie giunte per fax avvertivano che la persona in questione aveva lasciato le Pribilov per la Tasmania, dove intendeva procedere, sempre per via semiotica, all'installazione di una coltura estensiva di fragole giganti. I lavori, già iniziati da qualche giorno, procedevano bene.

Tutto quindi era in ordine; persino il fatto che, come risultò dall'autopsia, anche questo cadavere non presentava tracce evidenti di morte per il fatto che non pareva essere mai stato vivo. Gli organi interni apparivano nuovi, come se non fossero mai stati usati. Ma questo era un particolare che riguardava il mondo della scienza, non certo la polizia.

I ritratti del secondo cadavere vennero appesi alle pareti del corridoio del Commissariato, ma quasi nessuno andava piú a guardarli. Solo qualche studente della vicina Università, dove avevano sede le Facoltà Umanistiche, si recava negli intervalli tra una lezione e l'altra a guardare la faccia dello sconosciuto che somigliava cosí stranamente al noto semiologo di cui, suo malgrado, doveva studiare le opere.

Mentre la gente pareva dimenticarsi del caso che aveva suscitato all'inizio tanto interesse, e mentre sempre piú rare giungevano alla polizia telefonate di mitomani che si accusavano dell'omicidio e ne descrivevano accuratamente la tecnica, sempre diversa, gli investigatori continuavano tuttavia le indagini, ripartendo dalle ultime apparizioni pubbliche del personaggio in questione, nel nostro mondo, si intende. Si giunse cosí alla scoperta che l'ultima comparsa del semiologo autentico, non di una delle sue contraffazioni, aveva avuto luogo proprio nel vicino palazzo delle Facoltà Umanistiche, dove aveva tenuto una conferenza su «Gli imprevedibili sviluppi della semiotica», sostenendo che era venuto il tempo che tale scienza uscisse dal campo puramente conoscitivo e diventasse tecnica operativa.

I presenti alla conferenza, che per altro fu registrata, tutti docenti universitari piú qualche sparuto laureando, non avevano capito bene che cosa volesse dire la frase, molto insistita, «diventare tecnica operativa». Forse non stavano molto attenti perché, richiamati dalla gran fama del maestro, si distraevano poi inseguendo loro propri pensieri o talvolta, essendo per lo piú anziani, appisolandosi. Per questo avevano chiesto agli uscieri che tutta la conferenza venisse registrata e che della registrazione fossero fatte molte copie a disposizione del pubblico. In realtà delle copie, che rimasero in bell'ordine sul tavolo del conferenziere, ne fu ritirata solo una, da una persona in sedia a rotelle, non si capiva se uomo o donna perché infagottata in panni scuri e con un cappello calcato in testa, che aveva assistito alla conferenza nell'apposito spazio riservato ai disabili.

4.
La cartella con gli appunti

Era presente alla conferenza anche il professor Paride Rossi, con accanto la sua voluminosa borsa di appunti su Giovanni Sercambi. Fu allora, quando si alzò per congratularsi con l'oratore per le sue «stimolanti parole», che la borsa sparí. Dapprima aveva pensato che nella confusione fosse stata presa per errore da qualche collega, e per questa ragione aveva atteso un paio di giorni prima di denunciarne la scomparsa al vicino Commissariato. Denuncia che l'agente, nelle cui mani era stata depositata, si era affrettato a nascondere sotto una immensa pila di vecchie scartoffie, per la semplice ragione che «la polizia non può occuparsi di tutti i vecchietti smemorati che smarriscono qualche cosa».

Il medesimo agente era di servizio qualche giorno dopo il ritrovamento del secondo cadavere, quando vide entrare nell'ufficio, dopo aver bussato educatamente, il professor Paride Rossi con la sua borsa in mano, evidentemente ritrovata. Tuttavia non aveva l'aria felice di chi ritrova la propria cartella con gli appunti indispensabili per fare le lezioni. Anzi si lasciò cadere pesantemente su una seggiola e guardò tristemente il poliziotto al di là della scrivania.

– Si ricorda? – chiese dopo aver ripreso fiato, – si ricorda? – e intanto sollevava con evidente sforzo la pesante borsa al di sopra della scrivania.

L'agente ricordava benissimo e fu alquanto turbato. «Sta' a vedere, – pensò, – che questo ciucciapenne ha ritrovato i suoi appunti e ora vuol ritirare la denuncia». Ma non era cosí: lo dimostrava l'aria abbattuta del professor Rossi.

– Vede, agente, ho ritrovato la mia borsa, – e di nuovo la sollevò sul piano della scrivania, – ma dentro non ci sono i miei appunti, tutti scritti a mano; dentro c'è uno strano discorso su foche, scimmie e pappagalli, sui sistemi di alimentazione per favorirne l'adattamento e la riproduzione anche in siti non adatti –. E cosí dicendo estraeva dalla cartella e svolgeva sul piano della scrivania un lungo rotolo di carta evidentemente emesso da un computer.

L'agente, alquanto sollevato dai suoi timori, piú per darsi un contegno che altro, cercava di sottrarre alle spire di quel serpente di carta alcuni oggetti di uso immediato, come telefono, tampone inchiostrato, il blocco dei moduli per le denunce e la sua biro. Il professor Rossi, interrompendo lo sciorinamento del rotolo che pareva non dovesse finire mai, alzò gli occhi in volto all'agente, che lo guardava esterrefatto, e disse:

– Ha visto, agente? C'è stata un sostituzione di appunti. Questa è la mia cartella, ma gli appunti non sono i miei, non sono gli appunti da me scritti a mano su Giovanni Sercambi.

L'agente era alquanto disorientato: che si potesse rubare una borsa di cuoio, sia pure mezza sfondata, poteva capirlo. Ma che qualcuno potesse voler rubare degli appunti, pressoché illeggibili, su Giovanni Sercambi, contemporaneo del Boccaccio, questo gli pareva addirittura impensabile.

– Ha detto che i suoi appunti sono stati sostituiti con... – chiese.

– Con storie di foche, scimmie e pappagalli, – ribadí il professor Rossi.

L'agente a questo punto drizzò le orecchie. Poteva esserci una connessione tra quelle storie di scimmie e altri animali e il cadavere dei Murazzi. Certo! Non c'erano di mezzo quei fax che venivano da luoghi inverosimili per testimoniare l'esistenza in vita del celebre semiologo?

Decise di parlarne al capitano, e per il momento chiese al professore di lasciare a disposizione della polizia il serpente di carta partorito dalla cartella che avrebbe dovuto contenere gli appunti su Giovanni Sercambi.

Intanto i media continuavano a diffondere le notizie giunte per fax dalla Tasmania: il noto semiologo comunicava al mondo che per via semiotica si era ottenuta una fragola gigante di un chilo e mezzo di peso e trenta centimetri di diametro. Naturalmente, essendo il primo esemplare, era stata ottenuta «in vitro», ma era allo studio un progetto per estenderne la coltivazione in sito naturale, vale a dire nei campi. Si riuní immediatamente nella vicina sede delle Facoltà Umanistiche una tavola rotonda sul tema: «Come si dovrà mangiare la fragola gigante?» Dopo attento vaglio delle diverse proposte, gli esperti di semiotica riuniti convennero che la fragola gigante si sarebbe mangiata a fette come un melone, ovviamente senza prosciutto. Nel caso avesse avuto una scorza simile a quella del melone, si sarebbe dovuto prima sbucciarla. Quest'ultima decisione fu rimandata al momento in cui la fragola gigante fosse stata disponibile sui mercati. E qui si fermarono le proposte scientifiche sul consumo della fragola, anche perché dalla Tasmania non giunsero altri fax, né riguardanti la fragola gigante né ulteriori ricerche dell'emerito semiologo.

Giunsero invece dall'isola di Wrangel, dove si prospettavano interessanti possibilità di conversione dei settanta gradi sotto zero in venticinque-trenta sopra zero (sempre d'inverno si intende), sí da trasformare quell'isola, notoriamente inospitale, in un luogo di villeggiatura, invernale e estivo. L'unica difficoltà consisteva, dicevano i fax, nella feroce opposizione di alcuni scienziati, per lo piú russi, ma anche norvegesi, unici residenti dell'isola, che prevedevano in un cambiamento radicale del clima una grave alterazione delle abitudini delle oche selvatiche, le quali per ragioni loro andavano a deporre le uova in quello spesso strato di ghiaccio. La proposta di trasferirle in un'altra isola dell'estremo nord fu sdegnosamente respinta dagli scienziati con la motivazione che non era plausibile modificare le abitudini millenarie delle oche selvatiche per favorire esseri umani desiderosi di fare vacanze estive in pieno inverno. Il noto semiologo ribatté che le abitudini millenarie delle oche selvatiche potevano essere tranquillamente modificate in quanto non avevano rilevanza semiotica.

La controversia minacciava di protrarsi a lungo, soprattutto per la caparbietà degli scienziati russi ai quali, pareva, stavano piú a cuore le oche selvatiche che il benessere di migliaia di lavoratori che avrebbero potuto far vacanza in inverno e lavorare d'estate. A questa argomentazione fu risposto drasticamente che per quelli che volevano fare i bagni d'inverno c'erano parecchie miglia di coste tropicali, centinaia di isole e isolotti e infine tutte le stagioni invernali dell'emisfero australe.

Queste controversie ebbero la conseguenza di far dimenticare, almeno all'opinione pubblica, il problema dei cadaveri ignoti, intorno ai quali forse la polizia continuava a indagare, ma talmente in segreto che sembrava fossero stati dimenticati.

A riportare la questione all'interesse del pubblico, arrivò un terzo cadavere ai Murazzi.

5.
Terzo cadavere ai Murazzi

Approdò silenziosamente una notte, senza essere preannunciato dalla solita telefonata del sedicente canottiere. Approdò direttamente sullo scivolo delle barche, gettato forse dal ponte di Corso Vittorio Emanuele o da un tratto qualsiasi della riva. Qualcuno ipotizzò anche che fosse stato fatto scivolare nel punto stesso in cui fu trovato. Lo scoprí di primo mattino il noleggiatore di barche, che ha il suo deposito proprio di fronte allo scivolo che immette nel fiume; lo scorse mentre si accingeva a disporre le barche sulla riva ad uso di eventuali clienti. La presenza di questo terzo cadavere non solo non destò nel noleggiatore nessun interesse, ma fu accolta malissimo dal medesimo perché temeva che gli facesse perdere i già scarsi clienti. Si sa, i cadaveri non piacciono alle coppiette che desiderano fare una gita sul fiume, proprio ora che la bella stagione sembrava avvicinarsi.

– Possibile che tutti i cadaveri del Po debbano venire a finire al mio imbarcadero? – urlava senza ritegno il noleggiatore mentre cercava di rigettare in acqua il cadavere con la scopa.

– Ma che cosa fa? – gridò un passante richiamato dalle urla. – Non sa che è reato ributtare i cadaveri nel fiume? Potrebbero inquinarlo.

– E allora se lo tiri su lei, – ribatté stizzito il noleggiatore gettando con rabbia la scopa per terra, – e se lo porti a casa, se vuole. Questi cadaveri non interessano piú nessuno. Non vede che sono tutti uguali?

Era vero. Anche quello aveva una gran barba brizzolata, dimostrava circa cinquantacinque anni e portava gli occhiali. Anzi li aveva ancora sul naso. Ma intanto quella discussione mattutina aveva richiamato una piccola folla: sfaccendati, curiosi, signori che si alzano presto il mattino per portare fuori il cane. Qualcuno aveva già telefonato alla polizia, che giunse infatti, sia pure non con la consueta rapidità, probabilmente per il monotono ripetersi di quell'emergenza. Un mistero perde mordente se non ci sono sviluppi nuovi ed emozionanti, e se non se ne vede alcuna possibile soluzione.

Il Commissariato di polizia rischiava di intasarsi di foto dello sconosciuto dei Murazzi, tutte uguali a parte il porro, a destra, a sinistra, piú in alto, piú in basso. A proposito, l'ultimo arrivato non aveva porro.

6.
All'obitorio

– Mai visto uno con tanti cadaveri, – brontolava il perito settore, il quale era fermamente convinto che l'uomo fosse uno, sempre lo stesso, in copie diverse. – Strane copie, complete di tutti gli organi, vasi sanguigni, ghiandole varie, tutto nuovo, come mai usato. A parte il porro, che all'ultimo manca. Si direbbe fatto piú frettolosamente, – continuava a brontolare mentre il capitano Florindo Flores guardava perplesso i tre cadaveri distesi su tre tavoli affiancati dell'obitorio.

– Neanche un forellino piccolo piccolo, di pistola di calibro minimo? – chiese al perito settore.

– Niente, – rispose quello scuotendo la testa.

– Un piccolo rigonfiamento del fegato, o inizio di spappolamento? come fosse da minima dose di veleno?

– Niente, niente, – ripeteva l'altro sempre scuotendo la testa. – Quello è il primo organo che esaminiamo, quando non ci sono tracce evidenti di violenza sul corpo o di sostanze tossiche nello stomaco. Ma qui niente, non c'è proprio niente. Mi creda, capitano, anch'io rimango insoddisfatto di fronte a casi del genere, anzi le dirò che è la prima volta che mi capita, e non so assolutamente come spiegarmelo, – aggiunse con evidente irritazione.

– Ma... – concluse il capitano andandosene dopo aver salutato il perito settore.

Uscito dall'obitorio Florindo Flores, capitano di polizia in servizio presso uno dei Commissariati piú turbolenti della città, si ritrovò sulle rive del Po, quel fiume cosí domestico per lui che si trovava a doverlo attraversare spesso per ragioni di servizio. Lo guardò sospirando. Malgrado la sua professione, che ne faceva spesso un avversario, quel fiume gli piaceva, per le sue rive verdi coperte di cespugli che presto avrebbero messo fiori, per i grandi alberi le cui specie si vantava di conoscere, quasi tutte, tranne quelle esotiche. Si scoprí a spiare i germogli delle spiree, in quel mattino nuvoloso di una primavera che tardava ad arrivare. Era la fine di marzo, e le piante avevano ancora la loro veste invernale. Ci volle l'occhio attento ed esercitato di Florindo Flores per scoprire, sotto la scorza dei cespugli, i piccoli rigonfiamenti dei germogli che attendevano il calore del sole per rompere la corteccia del ramo.

«Meno male, – si disse, – meno male che la primavera, anche se tarda, verrà». Aprí la portiera dell'automobile di servizio, e nell'atto di sedersi guardò il cielo in cerca delle rondini. No. Le rondini non erano ancora arrivate.

All'obitorio intanto il perito settore, a cui le migrazioni delle rondini non interessavano per niente, stava sollevando con le dita le palpebre ai tre cadaveri, per vedere se almeno differivano nel colore degli occhi: niente, anche gli occhi avevano lo stesso colore.

– Non c'è dubbio, – mormorò, – questo è un cadavere in tre copie, o, se si preferisce, tre cadaveri della stessa persona.

– Clonati, forse? – disse una voce lí accanto. Il perito settore si voltò di scatto: non aveva visto entrare nessuno e credeva di essere solo. Ma, guardando in basso, vide una figura infagottata in una sedia a rotelle. Non si capiva se uomo o donna, tanto era pesantemente avvolta in un mantello nero, con un cappello dello stesso colore calato sul volto.

– Ma lei, – disse il perito sorpreso, – come è entrato, o entrata?

– Dalla porta, – disse semplicemente la figura, – la persona che è uscita poco fa l'ha lasciata aperta.

– Potrei sapere chi è? – chiese lui chiudendo la porta.

– Lasci perdere, – rispose con tono deciso la figura infagottata. E il perito poté constatare che aveva una voce anonima, né femminile, né maschile, certamente artefatta. – È vero o non è vero che questi cadaveri sono clonati?

– Clonati? – il perito guardò stupito prima la figura che aveva parlato, poi i cadaveri allineati sul tavolo dell'obitorio. Poi borbottò tra sé:

«È vero che sono molto strani... Tutto in ordine, organi interni, vasi sanguigni, circolazione, non potrei dire... avrei dovuto vederli vivi. E indubbiamente identici, perfettamente identici, persino il colore degli occhi. Ora, anche i gemelli, diciamo la verità, qualche differenza la presentano...» Poi guardando con sospetto la figura nella sedia a rotelle: – Ma lei come sa di questi cadaveri?

– Per combinazione ero presente quando sono stati ripescati ai Murazzi. Ho potuto notarne la straordinaria somiglianza, se pur di lontano.

– Dica pure che sono perfettamente uguali, se non fosse per il porro...

– Già, già, – sghignazzò la figura sconosciuta, – il porro. Quasi lo dimenticavo. Quel porro ha rappresentato la difficoltà maggiore: lei non ci crederà, ma non mi ricordavo dove stava, se a destra o a sinistra del naso. Vede, nelle clonazioni il porro scompare, non viene registrato. Bisogna aggiungerlo a mano.

– Nei primi due c'è, – osservò il perito settore, – nell'ultimo manca –. Poi aggiunse con vivacità, come sorpreso da un pensiero nuovo: – Ma lei come fa a sapere tutte queste cose? E che cosa è questa storia del porro che bisogna aggiungerlo a mano?

– Appunto. Nell'ultimo è stato dimenticato, o sarebbe meglio dire che non ho ritenuto di doverlo aggiungere. Era evidente che anche quella clonazione mi era riuscita male.

Il perito settore guardava la figura con occhi allucinati. Quando si riprese dallo stupore, esplose:

– Non vorrà dirmi che lei ha costruito questi tre cadaveri? Non mi vorrà far credere che li ha clonati lei?

– Ha detto bene, professore. E ha messo proprio il dito sulla piaga: il risultato delle clonazioni, le mie almeno, sono solo dei cadaveri. Perfetti o quasi, ma pur sempre dei cadaveri.

– Cosí lei mi sta raccontando, – il perito settore si passò una mano nei capelli dimenticandosi che da qualche anno non li aveva piú, – mi sta raccontando che ha clonato questo... sí, insomma, il famoso semiologo, ne ha fatto tre copie... e... e...

– Proprio cosí: ho dovuto buttarle via, perché il risultato non era soddisfacente, – concluse freddamente la figura infagottata.

– E non ha trovato di meglio che gettarli nel Po. Non sa che è reato di inquinamento?

– No! – ribatté la figura dalla sedia a rotelle, – perché subito dopo ho avvertito la polizia. D'altra parte, sapesse come è difficile liberarsi di un cadavere! – concluse la figura con accento sincero.

Il perito settore tacque, perché la domanda che stava per fare alla figura sulla sedia a rotelle era molto importante e richiedeva tutta la sua abilità indagatoria: la risposta, a suo avviso, avrebbe risolto ogni problema. Dopo aver riflettuto bene, chiese:

– Mi dica sinceramente: perché l'ha fatta?

– Che cosa? – chiese la figura evidentemente per guadagnar tempo.

– La clonazione. Perché ha clonato quella persona... sí... il semiologo?

La figura dalla sedia a rotelle gli diede uno sguardo penetrante, e forse stava per rispondere quando dalla stanza accanto si udí lo squillo del telefono.

– Mi scusi un attimo, – disse il perito settore allontanandosi per andare a rispondere. La telefonata fu piuttosto lunga, piú di quanto l'anatomista avrebbe voluto, curioso com'era di conoscere il nocciolo di quella strana faccenda, il perché delle clonazioni riuscite male e, speranza segreta, chi era la persona imbacuccata sulla sedia a rotelle. Talmente imbacuccata che era evidente che con quel travestimento voleva nascondere meglio la propria identità, persino se era uomo o donna. Anche la voce, chiaramente, era falsa. Quando finalmente l'interlocutore, dall'altra parte del filo, tacque, il perito rientrò nella stanza refrigerata dell'obitorio dicendo:

– Mi scusi, sa, ma qui son solo e devo... – ma a quel punto si accorse che stava parlando al vuoto. La sedia a rotelle con la figura imbacuccata era sparita.

Al perito settore non restò che telefonare alla polizia e raccontare tutto: la vicenda della figura sulla sedia a rotelle, la rivelazione della parte che la stessa aveva avuto nella faccenda dei cadaveri ai Murazzi, il fallimento delle clonazioni, la difficoltà di liberarsi dei cadaveri.

– E poi? – chiese la voce al telefono, che era quella del capitano Florindo Flores in persona.

– E poi niente, – rispose risentito il perito settore. – Sono stato chiamato al telefono nel mio studio e nel frattempo la sedia a rotelle è sparita.

– Con la figura infagottata?

– Ovviamente.

– Accidenti! – esclamò il capitano. – Doveva evitarne a tutti i costi la fuga! Si rende conto che avevamo in mano il colpevole di tutto questo casino?

– E lei si rende conto che io qui sono solo, quasi sempre solo, e devo pure rispondere al telefono?! – Il perito settore era irritato: oltre ad aver reso un notevole servizio alla polizia avendo scoperto le clonazioni e l'autore delle stesse, quelli pretendevano pure che arrestasse il colpevole. – Perché non avete mandato un paio di agenti a piantonare i cadaveri?

La domanda gli era appena uscita di bocca, che si era accorto quanto fosse fuori posto. Infatti all'altro capo del filo si udí una risatina ironica:

– Ah sí? a piantonare dei cadaveri, che poi non sono neppure veri cadaveri?

Il perito settore, che si aspettava qualche sarcasmo in risposta alla sua richiesta fuori luogo, perse il lume della ragione e gridò:

– E allora che cosa aspettate a liberarmi di questi cadaveri? Ci sono qui tre cassetti occupati da quella roba, e se arriva un cadavere vero, con tutti gli organi in regola, io non so dove metterlo! Che cosa credete? che l'obitorio sia una discarica?

Il capitano capí che l'uomo con cui stava parlando era fuori di sé, e cercò di rabbonirlo:

– Si calmi, per favore. E mi scusi se mi sono permesso di scherzare sui suoi cadaveri.

– Non sono miei, – lo interruppe l'altro bruscamente, – e dal momento che non sono cadaveri, non me ne sento neppure responsabile.

– Le chiedo di tenerli all'obitorio finché sarà venuto il magistrato inquirente per gli opportuni accertamenti. Lei dovrà solo ripetere davanti a lui il racconto che ha fatto a me per telefono, tutto sarà messo a verbale e poi la questione passerà nelle mani della autorità giudiziaria.

– Ma che si farà dei cadaveri? Non posso tenerli qui, perché oltre a essere ingombranti, non ne hanno diritto essendo falsi.

– Diciamo abusivi, per adesso, – replicò il capitano, – o meglio sospetti di essere cadaveri abusivi. Lei sa che non si può considerare abusivo un cadavere finché non è stato fatto un processo ed emessa regolare sentenza.

– E per tutto quel tempo devo tenere qui i sospetti abusivi? E gli altri, quelli autentici, dove li metto? Supponiamo che ai Murazzi tirino su un cadavere vero, lo sa che non avrei il posto dove metterlo? Non vorrà che lo porti nel freezer di casa mia?

– Non dico questo, per carità. E poi, non nomini piú i Murazzi. Vedrà che il procedimento giudiziario sarà breve e scioglierà rapidamente tutta questa matassa. Abbia fiducia in noi e nella giustizia –. E detto questo il capitano chiuse la comunicazione perché non sapeva piú che cosa dire.

Il perito settore rimase con la bocca aperta e una domanda pronta. Ma, udito lo scatto del telefono, richiuse la bocca e si tenne in petto la domanda che voleva fare: «Quanto tempo si presume che duri tutto questo?» Era proprio la domanda che il capitano si aspettava e non voleva sentirsi fare. Per questo aveva interrotto bruscamente la conversazione.

7.
Gli appunti del professor Paride Rossi

Il capitano Florindo Flores si era appena seduto sulla sua poltrona dietro la scrivania e stava per tirare un sospiro di sollievo per essersi liberato di quel fanatico dell'obitorio, come lo chiamava, che l'agente di servizio bussò alla porta:

– C'è il professor Rossi, capitano. Chiede di parlare con lei.

– Professor Rossi? E chi è?

– Paride Rossi, ehm... È già stato qui per denunciare la scomparsa di una sua cartella di appunti, che poi per fortuna è stata ritrovata.

– E allora, che cosa vuole? – chiese irritato il capitano.

– Dice che gli appunti non sono i suoi, dice che sono stati sostituiti con altri che non gli servono affatto per le sue lezioni.

– Digli che non ho tempo di occuparmi dei suoi appunti, digli che ho ben altro da fare... – e agitava la mano verso la porta come volesse mandare via qualcuno.

– Mi scusi, signor capitano, ma il professore insiste, dice che è cosa della massima importanza... – E infatti in quel momento il professor Paride

Rossi, insinuandosi sotto il braccio dell'agente che teneva aperto il battente della porta, entrò nell'ufficio del capitano di polizia. Il quale, facendo uno sforzo per sorridere proprio perché era un docente della vicina Facoltà di Lettere e Filosofia, gli disse:

– Prego, professore, si accomodi, – e gli indicò una poltroncina dall'altra parte della scrivania.

– Le assicuro che non mi sarei mai permesso di venirla a disturbare, se la cosa non fosse della massima importanza.

– Capirà, professore, con tutti i problemi che abbiamo, i suoi appunti...

– No capitano, non è per gli appunti che sono qui. Gli appunti per le lezioni su Giovanni Sercambi, – e qui emise un sospiro, – li ho già riscritti. Sono gli altri, quelli che ho trovato nella mia cartella, che mi dànno da pensare, elaborati da un computer, sulle foche, il sistema di alimentazione, il modo di riproduzione... Tutte quelle cose di cui vanno parlando i giornali, quelle notizie che vengono dalle Pribilov...

Il capitano Florindo Flores drizzò le orecchie:

– Vuol dire che i suoi appunti sono stati sostituiti da questi elaborati sulle foche...?

– Poi le scimmie, i pappagalli... Credo che ci si possa vedere una connessione con la scomparsa del celebre semiologo.

– Che non è affatto scomparso, al contrario... – ma qui il capitano si fermò temendo di rivelare segreti d'ufficio.

– Vede, capitano, la mia borsa era sparita durante la conferenza, l'ultima che ha fatto a Torino il celebre semiologo, ed è stata ritrovata durante la tavola rotonda sui risultati scientifici ottenuti dal semiologo stesso. Ma in sua assenza. Sa quella storia della fragola gigante...

– Tutto questo è estremamente interessante, – disse il capitano che cominciava a connettere le due storie. – E mi dica, non ha notato nessuno in particolare durante le due riunioni, qualcuno che, per esempio, sedeva vicino a lei, e avrebbe potuto...

– No no, non mi pare proprio. Non c'era un posto vuoto quando sono arrivato, e ho dovuto sedermi sugli scalini, sí sulla scala che separa le poltrone per il pubblico dallo spazio riservato ai disabili.

– Ha detto lo spazio riservato ai disabili? – chiese il capitano improvvisamente punto da vivo interesse.

– Sí, quello dove stanno di solito coloro che non possono camminare e si servono di sedie a rotelle. Hanno una entrata riservata, senza scalini...

– E mi dica, professore, c'era qualcuno su una sedia a rotelle in quelle due occasioni?

Il professore si grattò la testa: – Sa che non glielo so dire? Mi faccia pensare. Una delle due volte c'era una sedia a rotelle, ma non mi ricordo quale... Sa, io sono un po' distratto.

– Non importa, professore. Cerchi piuttosto di ricordare un'altra cosa: chi sedeva su quella sedia a rotelle: un uomo o una donna?

Il professore scosse la testa sorridendo:

– Lei non mi crederà: ma non sono riuscito a capirlo. Eppure ho guardato bene e a lungo quella figura, proprio perché mi pareva eccessivamente imbacuccata in un mantello scuro, con un cappellaccio nero che copriva piú di metà faccia. Ho persino pensato che fosse qualcuno che non voleva farsi riconoscere. Ma che senso avrebbe avuto a una conferenza di carattere scientifico?

– Eh... tutto è possibile a questo mondo. Ma non si preoccupi, caro professore. Lei ci ha fornito un elemento prezioso per le nostre indagini, – disse il capitano alzandosi per accompagnare il professore alla porta. – Credo che abbiamo in pugno il nostro uomo, – poi si confuse un po' e aggiunse: – ... o la nostra donna.

Chiamò l'agente di servizio e gli disse di mettere a verbale tutto quello che il professore aveva da dichiarare.

– È molto importante, badi, – disse rivolto all'agente, il quale ne dedusse che questa volta non avrebbe dovuto seppellire il verbale.

8.

Il perito settore

Rimasto solo, il capitano prese dal cassetto della scrivania un foglio di carta bianco e lo stese sul piano del tavolo. «Mi aiuterà a riflettere su questo strano caso, – pensò, – se butto giú qualcosa di scritto». Si grattò il mento, poi continuò nelle sue riflessioni. «Primo punto: c'è qualcuno, o qualcuna, che sta clonando una persona, un celebre semiologo; le clonazioni non riescono perfette e lo sconosciuto, o sconosciuta, getta il risultato nelle acque del Po: ecco i cadaveri pescati ai Murazzi. Prima domanda: perché fa queste clonazioni? Seconda: chi è colui o colei, che tenta le clonazioni? No, forse è meglio invertire l'ordine delle domande». Rilesse quello che aveva scritto e annuí compiaciuto. «Il problema è impostato nel modo piú completo. Ora mettiamoci qui la sedia a rotelle, – e disegnò qualcosa che voleva somigliare a una sedia a rotelle, – «e qui la cartella del professor Rossi». Riguardò compiaciuto la sua opera e si disse: «Gli elementi ci sono tutti. Ora posso telefonare al sostituto procuratore. Chissà come sarà contento di vedere quanto sono progredite le indagini e come il problema è ben impostato».

Prese il telefono e chiamò il magistrato: gli espose il caso, di cui peraltro l'inquirente era a conoscenza, e gli chiese quando gli sarebbe stato comodo recarsi all'obitorio per il sopralluogo alle salme e liberare il perito settore di quei tre «pesi morti». Disse proprio cosí: pesi morti.

Convennero per il mattino seguente. Quando si recarono all'obitorio trovarono il perito settore con un grembiulone di gomma indosso, intento a sezionare un cadavere. Del cadavere era scoperto solo il lato sinistro del petto; tutto il resto era coperto da un lembo bianco. Il perito aveva un'aria tutta soddisfatta e un sorriso che gli arrivava alle orecchie:

– Vedete? Ecco un lavoro ben fatto, che dà soddisfazione, – disse mostrando ai nuovi venuti una pinza insanguinata, in alto nella mano destra, – ecco il proiettile, piccolo, preciso, diritto al cuore. Quasi certamente opera di una donna. Un lavoretto che dà soddisfazione a chi lo compie, che si libera di una persona evidentemente importuna, a chi lo subisce, che muore senza quasi accorgersene, e finalmente al perito settore, che non deve andare a cercare la causa della morte su e giú per i vasi sanguigni, visceri e altre cose del genere, che è sempre spiacevole. Soprattutto quando non si trova niente –. Alludeva, e i due nuovi arrivati si scambiarono una occhiata d'intesa, ai tre cadaveri clonati.

Il perito settore concluse la sua arringa con una sentenza lapidaria: – Questi sono assassini onesti –. Poi il sorriso sparí dal suo viso, si tolse i guanti di gomma e porgendo la mano ai nuovi venuti, disse mestamente:

– Siete qui per quei tre là? – e accennava con la testa a un lato della grande cassettiera metallica che teneva tutta una parete della stanza. – Spero che me ne liberiate. È una questione di spazio.

– Faremo tutto il possibile, – disse il capitano Florindo Flores col suo tono piú rassicurante, – tutto il possibile.

– Le dispiace mostrarceli? – chiese il magistrato rabbrividendo nel suo soprabito troppo leggero. Quando era uscito di casa per andare col capitano a fare quel sopralluogo non aveva evidentemente pensato che l'obitorio non ha impianto di riscaldamento, per ovvi motivi.

Il perito aprí tre cassetti contigui:

– Ho creduto che fosse piú comodo per voi averli tutti e tre vicini, e per questo mi sono permesso di non tener conto della cronologia. Capirete che tra il primo, il secondo e il terzo ci sono stati di mezzo altri decessi violenti e sospetti.

Il magistrato rabbrividí ulteriormente quando il perito tolse il lembo bianco che copriva i tre corpi, e si accorse anche di aver dimenticato di prendere i guanti: sentiva nella mano destra una spiacevole sensazione di freddo, forse per la stretta di mano del perito settore.

Il quale seguiva con l'indice della mano destra la lunga linea di sutura che andava dal collo al basso ventre di uno dei tre. Una linea uguale si vedeva sui corpi degli altri due. Il perito si scusò:

– La sutura è stata fatta un poco in fretta ed è

riuscita maluccio. Questo è stato il primo. Negli altri due è venuta ancor peggio perché mi ero arrabbiato.

Si vedevano infatti puntacci lunghi e storti, fatti con fili di diversi colori e persino con spago.

– Qual è la sua conclusione? – chiese sbrigativo il magistrato che non vedeva l'ora di andarsene.

– Vede, signor giudice, – esordí il perito che al clima dell'obitorio era avvezzo, e anzi indicando tre seggiole laccate di bianco disse: – Ma perché non ci sediamo? – e senza aspettare risposta si era seduto. Gli altri due dovettero imitarlo.

– Vede, signor giudice, noi periti settori cerchiamo nei cadaveri un'unica cosa: la causa del decesso. E siamo contenti quando la troviamo. Molto contenti. Un po' meno quando ne troviamo due, per esempio veleno e proiettile, perché in questo caso si deve stabilire la priorità, vale a dire quale dei due corpi estranei ha agito prima. Lei mi insegna, signor giudice, che se i due corpi estranei sono stati introdotti da due diverse persone, l'assassino è colui che ha introdotto il corpo che ha agito prima.

– Sia breve, la prego, sto gelando, – fu costretto a confessare il magistrato.

– Oh, mi scusi. Dimentico sempre che il clima dell'obitorio non si addice a tutti. Per farla breve, io in questi cadaveri non ho trovato nessun corpo estraneo. Ho esplorato con la massima attenzione i visceri, il cervello, i vasi sanguigni. Tutto fino alla unghie dei piedi. Nulla.

– Nulla di strano? Nulla fuori dell'ordinario? – chiese il magistrato.

– Al contrario! Tutto strano, tutto fuori dell'ordinario! Il sangue è come cristallizzato nelle vene, gli organi interni, cuore, fegato, polmoni, pur essendo dei tessuti consueti, non recano tracce di usura, come se non fossero mai stati adoperati, capisce?

– E per questo lei ha parlato di clonazione?

– È un'ipotesi, ma è l'unica possibile. Tuttavia devo confessare che non mi intendo molto di clonazioni.

– Neppure io, – disse il magistrato scuotendo la testa.

– L'ipotesi della clonazione, veramente, non l'ho fatta io. L'ha fatta quella persona sulla sedia a rotelle, che poi è scomparsa.

– Una persona su una sedia a rotelle? – intervenne vivacemente il magistrato. – Come mai nella sua relazione non me ne ha parlato?

Quest'ultima domanda era rivolta al capitano Florindo Flores. Il quale arrossí visibilmente:

– Mi scusi, me ne sono dimenticato. Ma l'ho persino disegnata, qui, – e tirava fuori da una sua cartella un foglio tutto scarabocchiato, su cui indicava un groviglio di linee che doveva essere la sedia a rotelle.

– L'ha disegnata? – infierí il magistrato, guardando il foglio con una smorfia, – ma lo sa che il suo mestiere non è fare il pittore, bensí raccogliere indizi? Dove crede di essere? All'Accademia di Belle Arti? – Il capitano tacque avvilito, e il magistrato decise di ignorarlo, rivolgendosi nuovamente al perito settore:

– Mi parli di questa sedia a rotelle, se non le spiace.

– Era qui. Me la sono trovata accanto all'improvviso. È stato di lí, dalla sedia a rotelle che è venuta la parola clonazione. Anzi ha proprio detto, siccome io esprimevo tra me le mie perplessità sulla strana consistenza dei cadaveri: «clonati, eh?»

– E poi?

– Lui... o lei, quella persona, insomma, disse che erano riusciti male e quindi li aveva gettati via.

– Nel Po?

– Sí. Disse che non sapeva dove metterli, come liberarsene...

– E poi? – insisté il magistrato.

Il perito settore si schiarí la gola, segno evidente di imbarazzo: – Poi... è suonato il telefono, di là, nell'altra stanza...

– E lei è andato a rispondere... – continuò malignamente il magistrato.

– Sí. E quando sono tornato, la sedia a rotelle era sparita.

Lo disse tutto d'un fiato, come fosse la confessione di un reato.

– Sicché lei non ha potuto chiedere alla sedia a rotelle né la sua identità né il motivo della clonazione.

– Proprio cosí, signor giudice. Sebbene mi permetto di far osservare che non è compito del perito settore compiere queste indagini.

– Certo, certo –. E il magistrato si alzò per uscire.

– Un momento! – gridò il perito. – Qui ci sono tre ingombri che devono essere portati via. Occupano indebitamente uno spazio riservato ai cadaveri.

Il magistrato, che già teneva una mano sulla maniglia per uscire, si voltò accigliato:

– Non è compito della magistratura sbarazzare l'obitorio dagli ingombri superflui, – disse seccamente.

– Va bene, – il perito era ormai fuori di sé, – e io allora li ributto nel Po. Per fortuna non è lontano da qui –. Aveva detto le ultime parole con labbra tremanti di indignazione. Il capitano Florindo Flores credette opportuno intervenire per calmarlo:

– Non dica questo. Sarebbe un reato –. Lo disse con la voce piú suadente possibile. Ma il perito si rivolse a lui inviperito:

– Giusto lei. Non mi aveva detto che dopo il sopralluogo dell'autorità giudiziaria sarei stato liberato da quegli ingombri? E adesso pretendete di andarvene cosí? Eh, no! Adesso ve li prendete! – E cosí dicendo afferrava uno dei tre cadaveri e con uno sforzo sovrumano lo tirava fuori dal cassetto in cui giaceva, lo strascinava per terra fino ai piedi del capitano, e indicandolo con il dito teso, diceva:

– È suo, signor capitano. Se lo porti dove vuole –. E subito correva a prendere il secondo cadavere, invano trattenuto per una manica dal capitano Florindo Flores. Ma il perito, pur essendo un omino piccolo e magro, animato dalla forza dell'esasperazione già stava trascinando per terra il secondo cadavere e lo mollava ai piedi del capitano. In breve tutti e tre i cadaveri giacevano ammucchiati sui piedi dei due tutori della legge.

Che si guardarono allibiti. Il giudice non aveva neppure avuto il tempo di rendersi conto di quanto stava accadendo. Distrutto dalla fatica, il perito settore si lasciò cadere su una seggiola e, con un fil di voce, disse:

– Portateli via. Non voglio piú vederli. Anzi, non voglio piú sentirne parlare.

Il capitano Florindo Flores e il giudice si guardarono in silenzio. Fuori c'era la macchina della polizia, con cui il capitano aveva accompagnato il giudice all'obitorio.

– Carichiamoli in macchina, – disse il giudice.

Li caricarono in macchina: uno nel portabagagli, due sui sedili posteriori, come fossero seduti, sotto un grande plaid, quello che il capitano usava per le scampagnate con la famiglia.

– E adesso? – chiese il capitano.

Il giudice respirò a pieni polmoni l'aria fresca della primavera che stava sbocciando d'intorno, tiepida perché era quasi mezzogiorno. Davanti a lui s'apriva il parco del Valentino in tutta la sua quieta bellezza.

– Capitano, – disse, – io me ne torno a casa a piedi. Vada pure Lei con la macchina. Ho proprio bisogno di una bella passeggiata distensiva –. E si allontanò con passo elastico in direzione della città attraverso il parco.

Il capitano rimase senza parole. Solo, abbandonato dalla giustizia, con una macchina piena di cadaveri.

La porta dell'obitorio era chiusa, e quasi certamente non si sarebbe riaperta per lui. Passato il momento dell'indignato stupore, fu preso dallo sgomento. Che cosa avrebbe fatto a quel punto?

Il fruscio del fiume che scorreva in fondo alla riva verde di cespugli gli suggeriva un'idea seducente: ributtarli nel Po, come aveva detto il perito settore, oppure disseminarli sotto i cespugli di spirea, che li avrebbe coperti con i loro lunghi rami ricurvi; considerato come erano stati fatti, quei cadaveri forse non erano neppure inquinanti.

Poi gli si presentò alla mente la difficoltà di tirarli fuori dalla macchina e portarli giú per la riva, la possibilità che qualcuno lo vedesse, anche se il luogo era pochissimo frequentato, e infine l'eventualità che, se si arrivasse un giorno a un processo, come era quasi certo, gli venissero richiesti. Se fossero stati dei cadaveri autentici, di gente ammazzata e debitamente seppellita in un cimitero, con un nome e un cognome, si sarebbero potuti riesumare. Ma non era certo il caso di quei corpi, quegli «ingombri» come li chiamava il perito settore. Che fare? Lo avevano proprio incastrato per bene, quei due!

Ce l'aveva soprattutto con il magistrato. Se ne era andato a casa a piedi perché era una bella giornata di primavera. E per lui, per Florindo Flores, non era primavera? Non erano fioriti anche per lui i cespugli di spirea? Non frusciava anche per lui la brezza tra le foglie? No, per lui, per Florindo Flores, capitano di polizia, non doveva esserci né primavera, né spiree fiorite, né brezza tra il fogliame. Per lui c'erano tre cadaveri chiusi nella macchina di servizio, di cui nessuno voleva saperne perché non erano neppure veri cadaveri.

Si era seduto su una panchina al sole, vicino alla sua auto zeppa di cadaveri. E se fosse passato qualcuno? Lui era in divisa. Poteva pensare, quel qualcuno, che la polizia fosse implicata in qualche losco traffico di cadaveri... Va' a sapere dove arriva la fantasia della gente...

Si alzò dalla panchina, salí sull'automobile e si diresse verso la città. Senza accorgersene si ritrovò sotto casa sua. Entrò nel cortile, aprí la saracinesca del box, per fortuna era vuoto, ci mise dentro la macchina coi tre cadaveri e richiuse accuratamente.

– Che nessuno si sogni di mettere la sua macchina nel box, – disse ai famigliari già seduti a tavola, – ho parcheggiato quella di servizio perché devo ripartire subito dopo pranzo. Che nessuno la tocchi: è della polizia.

A tavola non mangiò nulla. Sedeva accigliato come raramente i suoi famigliari lo avevano visto, e nessuno osò chiedergliene la ragione. Un pensiero lo ossessionava, sempre lo stesso: che fare di quei tre cosi? Dove metterli? E gli tornava in mente il giudice che se ne era andato a casa a piedi tutto contento perché finalmente era tornata la primavera, e non aveva pensato a condividere la sua angustia, nemmeno un consiglio... «eh, eh, guardi che bella giornata, spunta la primavera, caro capitano, tenga pure la macchina, io me ne vado a piedi attraverso il parco... maledetto!»

I famigliari lo guardarono con occhi spaventati. Tutti avevano smesso di mangiare perché il capitano non si era accorto che, rifacendo il discorso del giudice, lo aveva fatto a voce alta, e in falsetto, come gli accadeva con quelli che gli erano antipatici.

– Ma con chi parli? – gli chiese la moglie.

– Io? Non parlo affatto, – rispose Florindo Flores con perfetta convinzione.

9.
Nello studio del professor Paride Rossi

Il professor Paride Rossi si avvicinava lemme lemme al suo studio in Facoltà trascinando la pesante borsa degli appunti su Giovanni Sercambi, che gli avrebbe fornito materiale per diverse lezioni. «Meno male, – pensava, – che ho ancora buona memoria e ho potuto riscriverli, altrimenti sarei senza materiale per i miei corsi».

Ormai la storia della scomparsa e successiva ricomparsa della sua cartella con la sostituzione del contenuto, mistero non ancora risolto, gli pareva cosa superata. «Se mai ci penserà la polizia, – si andava dicendo, – io ho firmato il verbale di smarrimento e tutto il resto, quindi sono a posto». Poi continuò: «Però devo stare piú attento a questa cartella, non lasciarla incustodita, soprattutto quando vado a sentire qualche conferenza e ci sono dei colleghi nei pressi».

Immerso in questi pensieri, era giunto davanti alla porta dello studio, e solo allora si accorse che l'assistente lo aspettava fuori dell'uscio, cosa del tutto insolita.

– Professore, – disse quello con voce allarmata, – c'è qualcuno dentro che l'aspetta.

– Chi è? – chiese il professore, che non amava le sorprese, e preferiva sapere prima con chi aveva a che fare.

– Non lo so, professore –. L'assistente sembrava piuttosto imbarazzato. – È una persona imbacuccata su una sedia a rotelle.

– No! – gridò il professore, – ha detto proprio imbacuccata?

– Sí, tanto imbacuccata che non si capisce neppure se è un uomo o una donna.

– Su una sedia a rotelle? – insistette il professore.

– Sí, su una sedia a rotelle.

– È lui, Dio mio, è lui!

– Lui chi? – chiese sollecito l'assistente.

– Non lo so. Lei forse... non ha detto lei stesso che non si capisce se è un uomo o una donna? E io l'ho denunciato alla polizia. Dio mio, che cosa mi accadrà ora? Sarà qui per vendicarsi? – e poi, rivolto all'assistente: – La prego, resti anche lei nello studio e non si allontani per nessun motivo. Anzi, entri prima lei, mi preceda.

– Buongiorno, professore, – disse la figura imbacuccata con la solita voce priva di connotazioni sessuali. – Sono qui per chiederle scusa del disagio che le ho causato con la mia sbadataggine.

Il professor Rossi, che aveva tentato di rimuovere tutta quella storia e si era sottoposto alla fatica di riscrivere gli appunti su Giovanni Sercambi, cercò di troncare il discorso per lui increscioso, fonte di brutti ricordi e di apprensione per via di quella denuncia fatta alla polizia, forse troppo avventatamente. Perciò disse:

– Lasci perdere, acqua passata... Può succedere a tutti di prendere per sbaglio la cartella di un altro, si somigliano tutte...

– Ma io non l'ho presa per sbaglio, l'ho presa apposta, – disse la voce dalla sedia a rotelle. – Solo che ho sbagliato persona.

– Apposta? Sbagliato persona? – Il professor Rossi cominciava a risentirsi. Ma la voce continuò:

– Credevo che lei fosse Euclide Rossi, lo scienziato che sta conducendo proficui studi sulle clonazioni. Ma non lo conosco di persona, e ho creduto che fosse lei. Come vede, non ho sbagliato cartella, ho sbagliato persona.

– Euclide Rossi? Mai sentito nominare, – disse il professor Paride Rossi offeso da quell'equivoco.

– Poi, – continuava la voce dalla sedia a rotelle, – quando ho voluto restituirle la sua cartella, ho dimenticato di cambiarne il contenuto, e ho lasciato dentro i miei appunti, che le sono apparsi forse un poco strani.

– Quelli sulla riproduzione delle foche, e altri del genere...

– Sí, proprio quelli.

– Interessanti, però, – mentí il professor Paride Rossi che non li aveva neppure letti, – mi dispiace di non averli con me per poterglieli restituire. Li ho lasciati a casa, – mentí nuovamente ben sapendo che li aveva consegnati alla polizia.

– Non ha nessuna importanza. Sa, con il computer se ne possono trarre tutte le copie che si vuole, – disse la voce dalla sedia a rotelle. – A proposito, sono qui per restituirLe i Suoi appunti: ho visto che sono scritti a mano, quindi sono un esemplare unico. Le chiedo ancora scusa per lo spiacevole equivoco, – e cosí dicendo posava sulla scrivania del professor Rossi un grosso fascio di fogli scarabocchiati, in cui il professore riconobbe i suoi appunti originali.

– Grazie. Se me li avesse portati prima, mi sarei risparmiato la fatica di riscriverli. Ma se non le spiace, mi tolga una curiosità: quegli elaborati che lei cercava, quelli del professor...

– Euclide Rossi, – intervenne la voce dalla sedia a rotelle.

– ... del professor Euclide Rossi, grazie, per che cosa le servivano?

Dalla sedia a rotelle venne un lungo sospiro: – Volevo perfezionare le mie clonazioni, che risultano sempre imperfette. Come vede ho dovuto buttarle via... sa, quei similcadaveri che sono stati ripescati nel Po.

– Giusto! I similcadaveri dei Murazzi. Adesso capisco la connessione... Ma lei non conoscendo di persona il professor Euclide Rossi, ha scambiato me per lui, e la mia cartella per la sua.

– Esatto! Vedo che ha capito a meraviglia la situazione. E ora voglia scusarmi, ma io devo andare... – disse la voce dalla sedia a rotelle accingendosi a partire.

– Un momento! – gridò il professor Rossi, – ancora un momento, per favore. Io avrò capito a meraviglia, ma non ho capito tutto: quei fax che vengono dalle Pribilov, dall'Isola di Wrangel, la faccenda della fragola gigante...

– Tutti falsi. Tutti spediti da me, da una via qui accanto, dove abito. Un trucco per far sapere al mondo che l'insigne semiologo è tuttora vivo. E tranquillizzare il mondo della cultura sulla sua sorte. Forse nella fretta ho ingarbugliato un po' le cose, forse ho diffuso notizie stravaganti e poco credibili... me ne rendo conto. Ma la semiologia è una scienza che può arrivare a molte cose.

– Sicché è lei che ha fatto tutto quel lavoro...

– Perché non si credesse che uno dei miei cadaveri fosse quello del celebre semiologo. Che è vivo, e tale deve essere creduto. Ma ora devo proprio scappare, mi scusi –. E senza dare la mano al professore, manovrò la sedia a rotelle e uscí.

Assistente e professore restarono a guardarsi ammutoliti.

– Sicché i fax erano falsi, – commentò l'assistente. Ma il professore era immerso in certi suoi pensamenti che lo estraniavano dal mondo circostante. Finalmente aprí la bocca e disse:

– La persona nella sedia a rotelle aveva paura che io le facessi la domanda che stavo per farle, per quello se ne è andata cosí in fretta.

– Quale domanda, professore?

– Quella che nessuno è mai riuscito a farle e che risolverebbe tutto questo mistero. Devo andare alla polizia. Devo assolutamente parlare con quel capitano cosí gentile –, e presa la sua cartella uscí di corsa dallo studio senza rispondere alla domanda dell'assistente, anzi senza nemmeno ricordarsi della sua presenza.

10.
Il capitano Florindo Flores

Il capitano non era certo del suo umore piú sereno. Quei tre cadaveri chiusi nell'automobile di servizio, parcheggiata nel suo box, sotto la sua abitazione, non lo lasciavano tranquillo. Doveva liberarsene al piú presto. Ma come? Il problema principale era sempre lo stesso: se fossero stati cadaveri veri tutto si sarebbe risolto in un amen. O all'obitorio, o al cimitero, in piena regola, come compete a un autentico cadavere. Ma quelli non erano autentici e per questo nessuno li voleva. Dall'obitorio erano stati buttati fuori, e s'è visto in che maniera. Per seppellirli in un cimitero ci volevano almeno tre bare, tre nomi, tre certificati di morte. Tutto impossibile.

«Se non fossero fatti cosí bene, che chiunque li vede li scambia per autentici, si potrebbero gettare nel piú vicino cassonetto della spazzatura –, diceva tra sé il capitano Florindo Flores mentre, seduto dietro la sua scrivania, tentava di digerire quello che non aveva mangiato e che pure gli pesava sullo stomaco, – oppure direttamente in una discarica. Ma di sicuro qualche impiccione darebbe l'allarme, e tutto il casino si riproporrebbe da capo. E ributtarli nel fiume? Nottetempo?» Qui la mente del capitano si soffermò affascinata. Poi ne scorse l'insormontabile difficoltà: ormai il giudice sapeva che i cadaveri li aveva lui, Florindo Flores, e gli sarebbe stato troppo facile incolparlo della sparizione, sotto forma di distruzione di corpi del reato o qualche gabola del genere. Alla fine gli parve che l'unica possibilità fosse di seppellirli in qualche cimiterino di paese. Certo con le dovute precauzioni e molta fortuna.

Stava appunto almanaccando su queste necessarie precauzioni, quando dopo aver bussato leggermente all'uscio entrò il professor Paride Rossi. Il capitano, assorto nei suoi pensieri, non lo riconobbe neppure.

– Sono venuto a offrirle una preziosa tessera per il suo mosaico, – disse cerimoniosamente.

– Quale tessera? Quale mosaico? – chiese brusco il capitano.

– L'ingarbugliato mosaico dei cadaveri clonati.

– So già tutto, – tagliò corto il capitano.

– Anche chi ha scritto e spedito i fax? – chiese maliziosamente il professore.

A quelle parole il capitano drizzò le orecchie. No, dei fax non sapeva proprio nulla.

– Dunque, – riprese il professore dopo essersi comodamente seduto in una poltroncina di fronte alla scrivania del capitano, – dunque, riprendiamo la storia da principio, dalla scomparsa della mia cartella di appunti.

– Che però è stata ritrovata qualche giorno dopo...

– Sí, ma non con i miei appunti, bensí con dei tabulati sull'allevamento delle foche, la loro riproduzione... Ricorda?

– Certo, – disse il capitano che non ricordava affatto, – prosegua pure.

– Bene. Ho scoperto chi ha compilato e spedito quei fax.

Il capitano si animò tutto. – E chi è? – chiese sollecito.

– La stessa persona che ha clonato i cadaveri. Quella della sedia a rotelle!

– Quella della sedia a rotelle? Vuol dire quella che non si capisce se è uomo o donna?

– Proprio quella, – sentenziò il professore conscio del suo successo.

– Questa non me la aspettavo proprio, – ammise il capitano. – E perché avrebbe fatto tutto questo?

– Perché non si pensasse che lui... lei... insomma quella persona, avesse ucciso il celebre semiologo. Perché fosse chiaro che è vivo e lavora. Cosí almeno dice la sedia a rotelle.

– Quindi, – riprese il capitano appoggiandosi alla spalliera della poltrona e incrociando le dita delle mani sul petto, – quindi quei fax non sono stati spediti dalle Pribilov o dall'Isola di Wrangel, come volevano far credere, ma da qui, dalla nostra città.

– Da qui vicino, come ha confessato quella figura, – concluse il professore.

– Ma lei, professore, queste notizie da chi le ha avute? – chiese il capitano colto da un improvviso sospetto.

– Dalla figura in persona, che è venuta a trovarmi nel mio studio all'Università.

– E... suppongo che questa figura sia stata vista anche da qualcun altro... all'Università circolano persone, colleghi, e una sedia a rotelle non può passare inosservata.

– Io veramente me la sono già trovata nello studio quando sono arrivato. Quindi non so chi possa averla vista circolare per i corridoi. Perché mi fa questa domanda? – Poi, spalancando gli occhi per lo stupore: – No! Non è possibile! Lei pensa che io mi sia inventato tutto! Non crede che abbia parlato con la sedia a rotelle! E invece è proprio cosí: ha avuto la cortesia di riportarmi i miei appunti, quelli su Giovanni Sercambi. Ha anche detto che aveva preso la mia cartella per errore, perché mi aveva scambiato per un altro collega, uno che si occupa di clonazioni e che sta perfezionando un sistema di applicazione agli esseri umani... Voleva i suoi appunti proprio per quello. Ha capito signor capitano?

– Ho capito, ho capito, – si affrettò a dire il capitano Florindo Flores per arginare la veemente autodifesa dell'irritatissimo professore. – Ho capito, mi scusi. Ma perché la sedia a rotelle voleva quegli appunti?

– Sarebbero serviti a perfezionare le sue clonazioni, che infatti risultavano imperfette, tant'è vero che doveva buttarle via.

– E le buttava nel Po. Adesso capisco molte cose. Mi scusi professore se prima sono stato diffidente, è il mestiere che ci rende cosí.

Il professore brontolava tra sé scuotendo la testa, e il capitano approfittò di quel momento: – Lei ha certamente un testimone, qualcuno che ha assistito alla conversazione con la persona della sedia a rotelle, vero?

– Sí, ho un testimone oculare e auricolare, il mio assistente, il dottor Gerberto Rossi.

– Gerberto Rossi? Rossi anche lui? Non sarà mica un suo parente?

– No. È solo omonimia. Ci sono molti Rossi in giro; penso che lo sappia.

Il capitano stava per dire «troppi», ma si fermò in tempo, e il professore continuò: – D'altra parte il regolamento universitario esclude che l'assistente possa essere parente del professore.

E data questa spiegazione si alzò per andarsene. L'ultima domanda del capitano aveva oltrepassato ogni misura; ma con chi credeva di avere a che fare quello? prima l'aveva preso per un mitomane che va a raccontare storie inventate, poi gli chiede se aveva un testimone, infine sospetta che il testimone sia un suo parente, suo figlio magari. Aveva già la mano sulla maniglia della porta quando il capitano lo richiamò. Paride Rossi si voltò, e gli chiese senza cercare di nascondere che era offeso:

– Che altro vuole da me? Le ho detto tutto quello che sapevo. Non ho altro da dire.

– La prego di scusarmi, professore, ma è il nostro mestiere che ci porta a essere eccessivamente prudenti. Vorrei chiederle ancora una cosa, anzi due: ha qualche idea di chi sia la persona sulla sedia a rotelle? e perché ha fatto quelle clonazioni?

Senza togliere la mano dalla maniglia, il professor Rossi rispose asciutto:

– No. Quella persona aveva molta fretta, e non ho avuto il tempo di farle domande. D'altra parte era venuta a trovarmi per un gesto di cortesia, per restituirmi i miei appunti e spiegarmi in seguito a quale equivoco li aveva presi. Tutto qui –. E aperta la porta uscí piú offeso che mai.

Il capitano, rimasto solo, si mise a pensare. Dunque: c'è una persona misteriosa, non si sa se uomo o donna, che si muove su una sedia a rotelle. Prima conseguenza: è impedita nella deambulazione. Seconda conseguenza: è imbacuccata in modo da non essere riconosciuta, perciò parla con voce artefatta, né maschile, né femminile. Perché non vuole essere riconosciuta? Perché commette dei reati. A questo punto il capitano che scriveva diligentemente tutto il suo argomentare, si fermò con la biro a mezz'aria, poi scrisse una domanda che gli era venuta in mente: è reato la clonazione di una persona? Non avrebbe saputo rispondere: gli pareva che la giurisprudenza non avesse ancora preso in considerazione questa possibilità, e tanto meno avesse deliberato in proposito. Ad ogni modo questo non era di sua pertinenza, perciò scrisse: interpellare il magistrato.

Era invece un reato sicuramente gettare cadaveri nel Po. Cadaveri? Non esattamente. Similcadaveri. Cosí almeno li aveva chiamati il perito settore. Quindi il reato doveva essere derubricato da vilipendio e occultamento di cadaveri, a semplice inquinamento di acque pubbliche.

Si fermò compiaciuto della sua intuizione. Ma in quel preciso istante, come un fulmine a ciel sereno, gli venne in mente che i similcadaveri stavano ancora chiusi nell'automobile di servizio parcheggiata nel suo box. E tragicamente gli si presentò alla mente il problema principale: l'eliminazione degli stessi.

E se li portasse in una discarica e li bruciasse? Fu il suo primo pensiero, e ne fu conquistato. L'importante era che nessuno lo vedesse. Ma potevano esserci guardoni nascosti nei pressi di una discarica? L'importante era stare ben attenti, cauti e circospetti.

Ma un antico pensiero venne a turbare questo breve momento di sollievo spirituale: e se si fosse fatto un processo? se i giudici nella loro pignoleria avessero chiesto la riesumazione dei corpi del reato? cioè i similcadaveri? Certo, il posto ideale sarebbe stato l'obitorio. Ma il perito settore che lí fungeva da padrone di casa, non li voleva, perché non erano cadaveri autentici. Non restava che seppellirli in un luogo ove, all'occorrenza, si potessero riesumare. Vale a dire in un cimitero. Magari in campagna, con un solo custode che facesse anche funzioni di becchino, e a cui si potesse imporre l'autorità della divisa.

Con questa idea in testa il capitano Florindo Flores prese il berretto e uscí. Si avviò verso casa, ma non salí nell'appartamento: andò direttamente nel box, col cuore in tumulto all'idea che qualche famigliare avesse nella sua assenza scoperto la presenza dei cadaveri nell'auto. Mentre sollevava la saracinesca tremava all'idea dell'orrendo puzzo di decomposizione che lo avrebbe aggredito. Fu molto meravigliato invece di non sentire il minimo odore.

«Evidentemente, – pensò, – per le clonazioni usano materiale resistente». Fortunatamente nessuno era entrato nel box durante la sua assenza. Tutto era come lo aveva lasciato al mattino.

Stava per sedersi al posto di guida, quando nel vano della porta comparve sua moglie:

– Mi dai un passaggio verso il centro?

Gli venne un tuffo al cuore.

– Non posso, – si affrettò a rispondere, – non vedi che è l'auto di servizio, e poi ho degli ospiti e poi vado dall'altra parte –. La moglie scomparve dal vano della porta e lui tirò un sospiro di sollievo.

11.

In giro per la collina

Dove? Da che parte andare? svoltare a destra o a sinistra? Questo era il dilemma che gli martellava in testa. Prese a caso la strada della collina. Era primavera. Florindo Flores l'avvertí subito dal profumo delle siepi di biancospino fiorite, dal giallo delle forsizie, i ciuffi di primule nei giardini.

Aveva un animo sensibile Florindo Flores: amava la natura, i fiori, gli animali. Gli sarebbe piaciuto avere un giardino, coltivare qualche pianta, rose, clematidi, un gelsomino. Ecco: era primavera, e avrebbe potuto spiare giorno per giorno lo sbocciare dei fiori, l'aprirsi dei germogli, la terra fessurarsi per fare uscire le nuove piantine, partorite dai bulbi, tulipani e giacinti, fresie e crocus.

E l'orto. Come gli sarebbe piaciuto avere un orticello, piccolo, quattro palmi di terreno, dove avrebbe seminato insalatine, rapanelli, messo a dimora piantine di pomodori, di fave, ah! le fave col pecorino, col salame piccante! Sarebbe già tempo, ora, di cogliere le prime fave, tenere e dolci, da mangiare crude...

Uno STOP scritto sull'asfalto lo richiamò alla realtà, alla triste presenza delle tre salme sulla sua automobile, e all'angoscioso problema da risolvere. Lo STOP indicava un bivio. Florindo Flores svoltò a sinistra, per la strada piú piccola.

Aveva elaborato nella sua mente un piano: scovare un cimiterino di paese, di quelli quasi abbandonati, cercarne il custode – c'è sempre un custode in un cimitero, anche se piccolissimo –, dargli una buona mancia e affidargli i tre cadaveri, senza dire che erano similcadaveri, perché non venisse fuori anche lui con la storia che lí sarebbero stati abusivi, eccetera eccetera. Dirgli di fornire una bara a ciascuno, delle piú semplici, anche fatte con cassette per la frutta, un nome, quello che voleva... eh, no: il nome era meglio che lo desse lui, altrimenti quello poteva insospettirsi, anzi l'avrebbe lasciato scritto su un foglietto, uno per uno, tre foglietti, una croce per uno e tre tumuli. Oltre alla mancia avrebbe fatto pesare la sua autorità di capitano della polizia. Per quello era uscito in divisa.

Gli sfiorò la mente che poteva apparire un po' strano che un capitano di polizia andasse a seppellire cosí alla chetichella tre salme sconosciute in un cimitero di campagna, dove tutti si conoscono da sempre, e un estraneo avrebbe suscitato molta curiosità... Ma ci avrebbe pensato a suo tempo; una cosa alla volta.

Adesso doveva trovare il cimitero adatto. Gli venne in mente che facendo una gita con la famiglia, ai tempi in cui si potevano ancora fare cose di questo genere, cioè quando i morti erano morti e i vivi erano vivi, si era fermato all'ingresso di un piccolo cimitero sul cucuzzolo di una collina, in cima a una salita che si dipartiva dalla strada principale dopo Chivasso. Gli era tanto piaciuto che aveva detto a sua moglie:

– Sai Matilde, quando muoio mi piacerebbe tanto essere sepolto in questo cimiterino, – e camminavano tra le tombe come fossero aiuole, tra aceri e ontani che nascevano spontaneamente.

– Bisogna che lo ritrovi, – disse, contento di aver individuato una mèta, – e speriamo che il custode sia di buona pasta.

Lo ritrovò quasi subito, in cima a una salita dove la strada improvvisamente finiva. C'era anche il custode, con una coppola in testa, che potava una siepe di mortella. Il cimiterino però non aveva l'aria abbandonata dell'altra volta.

Il custode lo salutò toccandosi con due dita il berretto, e rimase immobile come aspettando la prima mossa del nuovo venuto. Intanto il capitano era sceso dall'auto e si era avvicinato all'uomo.

– Bella giornata di primavera, non le pare? – Dalla risposta dell'uomo, un cenno muto del capo, arguí che doveva essere siciliano. Ma volle sentirne la pronuncia:

– È qui da molto tempo? Mi pare che una volta il custode fosse un altro, – disse tanto per iniziare la conversazione.

– Sono qui da un anno, – rispose l'uomo. Era siciliano, non c'erano dubbi. A questo punto o il custode era in odore di mafia, e in tal caso giocando d'astuzia poteva ottenere da lui quello che voleva, o era uno di quelli tosti, e non ci sarebbe stato nulla da fare. Il capitano decise subito di scoprire di che pasta era il suo uomo. Gli si avvicinò piú di quanto fosse necessario, e sussurrò:

– Ho un lavoretto per te.

L'uomo non mosse ciglio.

– Ben pagato, s'intende.

L'uomo, neppure questa volta, mosse ciglio.

– Ci sarebbero da fare tre bare, semplici, delle piú a buon mercato, e seppellirle. Capito? – e cosí dicendo si abbassava sugli occhi il berretto della divisa. L'uomo fece cenno di sí, che aveva capito.

– Vieni a vedere, – disse il capitano avvicinandosi verso l'auto. L'uomo lo seguí in silenzio, e in silenzio guardò i due cadaveri.

– Fratelli? – chiese vedendoli uguali.

– Sí. Ma non sono due. Sono tre, – disse il capitano aprendo il portabagagli.

L'uomo guardava in silenzio. Poi disse: – Bel lavoro. Non c'è traccia di sangue.

– Morti in un incidente, – disse con noncuranza il capitano, lasciando capire che non era vero niente. – Ma dovrai fare tutto tu, anche le bare. Non importa che siano fatte bene. La massima discrezione, mi raccomando. Poi qualcuno verrà a portarti il compenso per il tuo disturbo.

– Non importa, eccellenza. Non voglio nulla. I nomi?

Il capitano scrisse tre nomi su tre foglietti, i cognomi tutti uguali, e diede i foglietti al custode, il quale andò a prendere una carriola nel capanno degli attrezzi e scaricò i cadaveri dall'auto del capitano. Durante questo lavoro non aprí bocca. Quando il capitano gli tese la mano per salutarlo, quello la prese e gliela baciò dicendo:

– Grazie, eccellenza –. E, prese le stanghe della carriola, rientrò nel cimitero.

Il capitano restò solo, con l'auto finalmente sgombra di cadaveri. Gli pareva di sognare. Non poteva rendersi conto che tutto si fosse risolto cosí semplicemente.

«Deve avermi preso per un capomafia, – disse tra sé. – Forse aspettava altri cadaveri da seppellire, morti veri, e morti di lupara».

Salí in macchina e partí. Meglio cosí, si diceva. Qualunque fosse la causa dello strano comportamento del custode, i tre similcadaveri erano a posto: tra poco sarebbero stati interrati con le loro tre bare e con i loro tre nomi, quelli scritti sui foglietti.

Rifletté che forse sarebbe stato meglio se avesse preso il nome del becchino... Ma no, si disse, meglio non sapere, meglio dimenticare tutta quella storia che pareva impossibile. E poi, se gli avesse chiesto il nome, il becchino forse si sarebbe insospettito. Meglio lasciargli credere di essere perfettamente informato di tutto, e sostenere cosí il ruolo del mafioso che tutto sa, e di nulla parla.

Scendendo dalla collina poté godersi la vista dell'incipiente primavera, i fiori gialli del tarassaco, le glicini sul punto di fiorire, le rose in boccio. Sarebbe passato un momento in ufficio per vedere se c'era qualcosa di nuovo, e poi a casa, finalmente, a pranzo con i suoi, per un pasto sereno e tranquillo, il primo dopo che gli era caduta addosso quella valanga di finti cadaveri. E ogni tanto, proprio per convincersi che se ne era liberato davvero, che non era stato tutto un bel sogno, si voltava a controllare il sedile posteriore. Come era bello vedere il lunotto interamente sgombro!

Entrò in ufficio, e fece appena in tempo a togliersi il berretto che il telefono squillò: era il sostituto procuratore.

12.

Nello studio del giudice

– Capitano, buongiorno, – esordí il giudice. – Come sta?

– Bene, grazie, – rispose il capitano che stava effettivamente bene da quando si era liberato dei similcadaveri. Ma da quando aveva ricevuto la chiamata del giudice cominciava a sentirsi un po' meno bene. Ed era tanto allarmato che non riuscí a dire altro. Il giudice, da parte sua, non gliene diede il tempo:

– Le do notizia che è stato aperto un procedimento contro ignoti per clonazione abusiva di persona, falso in atto pubblico, inquinamento grave di acque fluviali. Dove sono i similcadaveri?

Il capitano non rispose subito perché era impegnato a inghiottire un groppo di saliva, ma questo il giudice non lo sapeva, e pensando che tacesse per reticenza, chiese perentorio:

– Che ha fatto dei similcadaveri che le sono stati affidati?

– Seppelliti provvisoriamente nel cimitero di... – si affrettò a rispondere il capitano.

– Cosí fuori mano? – chiese il giudice senza nascondere il suo disappunto. – Perché deve sapere,

– continuò senza dare all'interlocutore il tempo di rispondere, – che quasi certamente bisognerà riesumarli.

– Signor giudice, lei mi capirà. Mica tutti i cimiteri sono disposti ad accogliere salme senza bara, senza nome e senza funerale, e pure false –. Il capitano aveva perso un po' la pazienza, e il giudice se ne accorse:

– Ha ragione. Questo particolare mi era sfuggito. Comunque la pregherei di venire da me domani mattina, se può, per fare il punto della situazione. Sono emersi elementi nuovi?

– Qualcuno sí, – rispose il capitano, – ma se lei è d'accordo gliene parlerei domani nel suo ufficio –. Non voleva svendere cosí a buon mercato le notizie che gli aveva fornito il professor Rossi, le tessere del mosaico, come diceva lui. Tanto piú che quel giudice non se lo meritava proprio. «Prima mi lascia con tre cadaveri sulle braccia, e poi dice che si è dimenticato quel particolare». Le ultime parole del suo pensiero le aveva pronunciate ad alta voce, in falsetto, naturalmente. Ma questa volta per fortuna era solo. Udí ancora la voce del giudice che diceva:

– Va bene, come meglio crede, – poi chiuse la comunicazione.

Il capitano prese il berretto e se ne andò a casa. Finalmente! Mangiò con appetito un piatto di penne all'arrabbiata, un paio di costolette d'agnello alla scottadito, cicoria saltata in padella con aglio e olio, e poi andò a farsi una pennichella.

L'indomani si recò dal giudice con un resoconto scritto di tutto quanto era a sua conoscenza circa il mistero della sedia a rotelle. Senza disegni, naturalmente, visto che il magistrato non apprezzava la sua buona disposizione alle arti grafiche.

Raccontò della visita del professor Paride Rossi, di quello che il professore era venuto a sapere direttamente dalla sedia a rotelle, della restituzione degli appunti su Giovanni Sercambi. A questo nome il giudice ebbe un moto di stizza: – Ma si può sapere chi è questo Giovanni Sercambi?

Il capitano si strinse nelle spalle, e continuò:

– A proposito, tutti quei fax sulle foche, le scimmie, la fragola gigante, sono dei falsi. Un tentativo di depistaggio operato dalla sedia a rotelle.

– Concludendo, – disse il giudice, – lo sconosciuto della sedia a rotelle è l'artefice di tutta questa storia: delle clonazioni fallite, dei fax spediti dalla via accanto e non dalle isole Pribilov, eccetera, eccetera. E qui si arrestano le indagini della polizia –. Il giudice guardava il capitano come fosse l'imputato. – Non siete riusciti a sapere nemmeno chi è lo sconosciuto della sedia a rotelle.

– ... o sconosciuta... – lo corresse il capitano.

– Ancora peggio: non avete neppure scoperto se è uomo o donna, né tanto meno a che scopo agisce, se ha complici e, se sí, chi sono. Il nocciolo del mistero, signor capitano, ci sfugge ancora.

Il capitano si strinse nelle spalle, ma questa volta decise di non tacere:

– Mi scusi, signor giudice, ma il compito delle indagini non ricade solo sulla polizia. D'altra parte, sa, sistemare qui tre... cosi... sí, i similcadaveri, non è stata roba da poco, ho dovuto giocare d'astuzia, e con molto sangue freddo.

– Dove ha detto che sono? Andiamo a vederli.

E il capitano Florindo Flores si ritrovò seduto al volante dell'auto di servizio con il giudice accanto, a ripercorrere la strada del cimitero di campagna. «Speriamo che quel becchino abbia già inumato i tre cosi, se no questo giudice... Ma che cosa crede, che debba fare tutto io?», pensava guidando verso il cimitero.

Arrivati al cancello del cimitero, trovarono il custode appoggiato alla vanga, come se li aspettasse.

– Accomodatevi eccellenze, faccio strada –. Non potevano attendersi una accoglienza piú cerimoniosa. E li condusse attraverso il cimitero in una zona appartata dietro il capanno degli attrezzi.

– Ecco, guardate, eccellenze. Li ho seppelliti qui, tutti e tre vicini, perché se fratelli sono, fratelli restano anche nella morte.

– Giusto, giusto, – annuí il giudice, e si mise gli occhiali per leggere i nomi scritti sui cartoncini inchiodati all'incrocio delle assi che formavano le croci. E lesse: Rossi Primino, Rossi Secondino, Rossi Terzino.

– Sono giusti i nomi, signor capitano? – chiese il becchino.

– Giustissimi, – rispose Florindo Flores, soddisfatto che il giudice si dimostrasse anche lui, una volta tanto, soddisfatto.

Nel viaggio di ritorno verso la città la primavera esultava per tutta la campagna.

13.
Ricompare la sedia a rotelle

– Signor capitano! L'abbiamo presa!

– Che cosa? – chiese il capitano che stava rientrando al Commissariato dopo il sopralluogo al cimitero.

– La sedia a rotelle! – gridò tutto giubilante l'agente di servizio che aveva dato l'annuncio. – Con tutta la figura imbacuccata dentro!

– Molto bene, molto, molto bene. Avete identificato la figura imbacuccata?

– No, signor capitano, aspettavamo lei. A noi non ha voluto rispondere. È qui nella stanza accanto. Vuol vederla?

– Le darò un'occhiatina. In fin dei conti sono l'unico che non ha ancora visto questa figura misteriosa –. Aprí la porta e la vide. Era seduta di spalle, col viso rivolto verso la finestra. Passandole davanti cercò di sbirciare il viso, ma era coperto da una pesante sciarpa di lana. Un cappellaccio di feltro nero calato sul volto completava la copertura di quella figura informe avvolta in un mantello anch'esso nero. Dopo aver osservato a lungo il misterioso soggetto, si azzardò a chiedere:

– Vuol dirmi chi è?

La figura fece cenno di no con la testa. Il capitano capí che era inutile insistere.

– Accetta di parlare con il sostituto procuratore?

La figura fece cenno di sí. Il capitano stava per andarsene, quando dalla figura imbacuccata uscí una voce, una voce strana, che non si sarebbe potuta definire né maschile né femminile.

– Per favore, vorrebbe aprire un po' la finestra? Si soffoca qui dentro.

Il capitano tornò indietro e aprí la finestra. Avrebbe voluto chiedere perché andava in giro con tanti stracci addosso, ma era certo che non avrebbe avuto risposta. Nel ripassare accanto alla figura imbacuccata fu tentato di dare uno strattone alla sciarpa che copriva il viso, ma poi pensò che sarebbe stata una inutile violenza contro un povero essere immobilizzato su una sedia a rotelle. Tanto tra non molto tutto il mistero si sarebbe risolto, perché la figura imbacuccata era lí, finalmente, nelle mani della polizia.

– Allora parlerà con il giudice, – disse uscendo, nella speranza che la figura facesse udire di nuovo la sua strana voce. Invece restò in silenzio.

Ritornato nel suo ufficio il capitano Florindo Flores rifletté che forse era stata un'imprudenza aprire la finestra, dal momento che la stanza era a pianterreno. «Ma uno che viaggia in sedia a rotelle non può certo uscire da una finestra, anche se al pianterreno, a meno che non abbia dei complici, e non sembra il nostro caso». Cosí rassicuratosi, prese il telefono e fece il numero del giudice:

– Abbiamo preso la figura imbacuccata sulla sedia a rotelle, – disse con malcelata aria di trionfo.

– Questa sí che è una bella notizia, – disse il giudice. – Dove si trova ora?

– Nel mio ufficio, signor giudice –. Aveva infatti l'intenzione di far trasferire la sedia a rotelle nel suo ufficio, per vedere se gli riusciva di cavare da quella bocca invisibile qualche informazione prima che arrivasse il magistrato. Ma poi decise che era meglio interrogare subito l'agente che l'aveva arrestata. Non voleva essere sorpreso impreparato dal giudice.

– Dove l'avete trovata? – chiese all'agente accennando con la testa alla stanza accanto.

– Si aggirava per i corridoi del Politecnico chiedendo del professor Euclide Rossi. Voleva sapere dove era il suo studio privato. Qualcuno, insospettito dall'insistenza con cui chiedeva in giro, ci ha telefonato. Noi ci siamo precipitati al Politecnico e abbiamo trovato la sedia a rotelle che stava entrando nello studio del professor Euclide Rossi, che in quel momento non c'era.

– Quindi per impadronirsi di qualcosa, non per parlare col professore, – interloquí il capitano.

– Certamente. Gli appunti sulle clonazioni, – disse l'agente, che era quello stesso che aveva sepolto la denuncia del professor Paride Rossi in modo da non poterla piú ritrovare, e aveva poi seguito con una certa apprensione tutta la storia degli appunti.

– E poi? – chiese il capitano, che non voleva trascurare nulla, proprio nulla.

– Abbiamo preso la sedia a rotelle per le maniglie e l'abbiamo guidata sul nostro furgone attrezzato per disabili.

– Molto bene, avete fatto un ottimo lavoro. Puoi andare.

Rimasto solo, il capitano prese un foglio dal cassetto della scrivania e si accinse a scrivere tutto quello che aveva appreso dall'agente. Non voleva assolutamente che le domande del giudice, anche le piú capziose, lo trovassero impreparato. Era arrivato al momento in cui gli agenti sorprendono la sedia a rotelle nello studio del professor Euclide Rossi, l'eminente scienziato, quando improvvisamente la porta si aprí e l'agente di servizio introdusse il giudice.

– Allora, dov'è la sedia a rotelle? – chiese senza tanti preamboli, e senza salutare.

– La mando subito a prendere, signor giudice –. E Florindo Flores diede ordine di andare a prendere la sedia a rotelle. E questa venne, spinta per le maniglie dall'agente di servizio, con tutto il fagotto nero sopra.

Ma quando il capitano tolse il cappellaccio nero e svolse il mantello, scoprí che dentro non c'era niente. I tre uomini si guardarono allibiti. Il primo a ritrovare la parola fu, naturalmente, il giudice.

– Sicché, – disse, e il suo tono era inequivocabilmente sarcastico, – avete fermato una sedia a rotelle... vuota!

– Posso giurarle che prima non era vuota, – disse l'agente che aveva partecipato all'operazione.

Florindo Flores taceva. Pensava alla richiesta

che gli era stata fatta di aprire la finestra: la pietà che aveva provato per quel povero essere impedito in ogni movimento, si trasformò in collera. «Quel mascalzone, – pensò, – mi ha giocato. Quello non deve essere affatto impedito».

Ma fu il giudice che espresse il pensiero del capitano:

– Evidentemente la cosa sulla sedia a rotelle non è affatto impedita. Può addirittura saltare da una finestra –. Poi, dopo aver riflettuto, aggiunse: – Oppure ha dei complici. La finestra era chiusa, vero?

– Certo, signor giudice, – rispose l'agente di servizio, che effettivamente aveva controllato che la finestra fosse ben chiusa.

– E non ci sono segni di effrazione? – continuò il giudice.

– No. È la prima cosa che abbiamo controllato quando abbiamo visto che era aperta. Ma non ci siamo accorti che l'occupante della sedia a rotelle era sparito.

Florindo Flores tacque. «Già questo giudice mi considera un imbecille, – pensò, – se poi gli vado a dire che la finestra l'ho aperta io...»

– Bene, – disse il giudice, – abbiamo fatto un passo avanti: abbiamo appurato che sotto il mantello e il cappello della figura imbacuccata non si cela affatto una persona impedita, ma qualcuno molto agile, e anche piuttosto intelligente –. Disse le ultime parole guardando il capitano dritto in faccia. E senza aggiungere altro, senza neppure salutare, se ne andò.

14.
Caccia all'uomo... o alla donna

Florindo Flores richiuse la porta da cui il giudice era uscito, e trattenne l'agente di servizio, piú per il conforto di una compagnia che per altro. Si guardarono a lungo in silenzio. Poi l'agente disse:

– Deve avere dei complici, perché la finestra era chiusa. L'avevo controllata proprio io.

– Oppure non è affatto disabile, come sembra ipotizzare il magistrato. E in tal caso può benissimo aver aperto la finestra con le sue mani e aver scavalcato il davanzale. Non dimentichiamo che siamo al pianterreno, e chiunque potrebbe uscire dalla finestra. Il fatto che abbia abbandonato il suo travestimento avvalora questa ipotesi, – aggiunse per convincersi che l'aver aperto la finestra non era stato un gesto grave: se non l'avesse aperta lui, la figura della sedia a rotelle se la sarebbe aperta da sola. – D'altra parte, – riprese il capitano, – se la persona in questione fosse stata veramente paralizzata, avrebbero dovuto tirarla giú dalla finestra almeno in due, e aver pronta un'altra sedia a rotelle sul marciapiede e un camioncino in strada.

– E tutto questo non sarebbe passato inosservato, – interloquí l'agente, – tanto piú che tutto il tratto di strada davanti al Commissariato è divieto di sosta.

– E poi, – riprese il capitano, – se due persone tirano giú da una finestra una terza persona, evidentemente impedita, e la caricano su una sedia a rotelle, la cosa dovrebbe insospettire i passanti. Una sedia a rotelle esce solitamente dalla porta e non da una finestra, sia pure a pianterreno. Non le pare?

All'agente pareva.

– A questo punto, – continuò il capitano sedendosi alla scrivania, poiché tutto il dialogo si era svolto finora tra l'agente immobile sulla porta e il capitano che camminava nervosamente su e giú per la stanza gettando occhiate feroci alla sedia a rotelle tutte le volte che le passava accanto, – è chiaro che dobbiamo dare la caccia a una persona, uomo o donna che sia, perfettamente in grado di camminare con le sue gambe, e anche piuttosto agile. La prego, faccia sparire quella sedia a rotelle con tutti gli stracci che ci sono sopra. Ma stia attento a metterla in un posto dove si possa ritrovare: è un corpo del reato.

Tirò fuori dal cassetto della scrivania un foglio di carta bianca e si dispose a scrivere: «Niente piú sedia a rotelle!» e tracciò sul foglio una linea come volesse intendere che un capitolo era finito e ne incominciava uno nuovo.

– Da dove cominciamo? – disse guardando l'agente. Questi si strinse nelle spalle e non rispose niente.

– Ma dal palazzo del Politecnico! – gridò il capitano con entusiasmo. – Non è forse lí che si sono bloccate le indagini? E precisamente dallo studio del professor Euclide Rossi, dove infatti è stata fermata la sedia a rotelle –. Nominandola il suo viso si rabbuiò. – Che cosa ci faceva nello studio dell'eminente scienziato? Evidentemente cercava gli appunti sul perfezionamento delle clonazioni di esseri umani. Perciò è lí che dobbiamo fare la posta al nostro uomo... o donna. Come dovremo procedere a questo appostamento?

La domanda era evidentemente rivolta a se stesso, perché l'agente non batté ciglio. Il capitano, che mentre parlava andava scrivendo quello che diceva, si diede la risposta da solo:

– Travestiti, naturalmente! Io e lei. Non dobbiamo coinvolgere altri agenti in questa faccenda. Il suo nome, per favore?

– Rossi Erminio, – rispose l'agente. Il capitano ebbe un sussulto:

– Anche lei? Un altro Rossi... troppi Rossi in questa città, – commentò scuotendo la testa.

Poche ore dopo due figuri piuttosto strani si aggiravano al terzo piano del Politecnico, Dipartimento di Scienze Paraumane. Travestiti, naturalmente, perché la cosa della sedia a rotelle aveva su di loro un grande vantaggio: li conosceva entrambi, mentre loro non conoscevano lei. Non sapevano neppure se dare la caccia a un uomo o a una donna. L'unico punto di riferimento sicuro era che quella persona, chiunque fosse, avrebbe nuovamente tentato di introdursi nello studio del professor Euclide Rossi in sua assenza o, altra ipotesi piú avventata, avrebbe tentato di sottrargli in qualche modo la cartella, magari anche scippandola. Queste erano le ipotesi che il capitano Florindo Flores e il suo agente avevano preso in considerazione e che si erano preparati a rintuzzare.

La caccia si prospettava particolarmente difficile. Quando il professore era nel suo studio, c'era nel corridoio antistante una folla di studenti in continuo movimento, maschi e femmine. Di solito attendevano che il professore uscisse per andare nell'aula di lezione e, salutandolo, gli si stringevano attorno, facendo domande tutti insieme e di conseguenza creando una gran confusione. Poi muovevano come in corteo dietro di lui. Qualche volta nella ressa di quei giovani, tutti alti e aitanti, il professore, che era piccolo e minuto, pareva sopraffatto, perdeva gli occhiali, inciampava in piedi altrui e rischiava di cadere; allora qualcuno gli dava il braccio, lo sosteneva e talvolta persino gli toglieva di mano la pesante cartella piena di appunti.

Fu in una di queste occasioni che l'agente Rossi Erminio, vedendo una ragazza bionda, piuttosto vistosa, togliere di mano al professore la cartella, le balzò addosso immobilizzandola, come gli avevano insegnato alla scuola d'addestramento della polizia. Aveva però dimenticato che era travestito da punk, con una cresta di capelli rossi che gli andava dalla fronte alla nuca, in mezzo a una testa perfettamente rasata. Fu subito scambiato per un aggressore in preda ad accesso erotico, e a sua volta immobilizzato dagli studenti, che non solo gli strapparono di mano la cartella del professore, ma cominciarono anche a pestarlo tra urla e minacce.

Gli ci volle non poca fatica per far capire a quegli energumeni che non era né un ladro né uno stupratore, ma un agente di polizia alla ricerca di un pericoloso delinquente. Quando riuscí a liberarsi dei suoi aggressori e mostrare la tessera della polizia, vide che la ragazza bionda era in lacrime e, seduta per terra – non ci sono mai sedie nei corridoi universitari – si faceva consolare dal professore che, chino su di lei, le carezzava i capelli. Attorno c'era tutto il gruppo degli studenti, che ogni tanto rivolgevano al punk occhiate sospettose e sdegnate, e mormoravano giudizi tutt'altro che lusinghieri.

Al povero punk non restò che allontanarsi a testa bassa. Passando vicino all'uomo delle pulizie, che con un secchio d'acqua sporca stava lavando un pezzo di pavimento, sempre lo stesso, si sentí apostrofare con un:

– Imbecille! Si tolga subito quella maschera dalla testa!

– Non è una maschera, signor capitano. Mi sono fatto rasare cosí, e tingere la cresta di rosso per essere piú convincente.

Il capitano lasciò cadere lo spazzolone nel secchio, che si rovesciò. Un rivolo di saponata grigia si sparse per il corridoio. Gli studenti, che al seguito del professore si stavano avviando verso l'aula di lezione, videro con stupore il punk aiutare come poteva l'uomo delle pulizie inzuppando uno straccio nell'acqua sparsa sul pavimento e strizzandolo nel secchio che era stato nel frattempo raddrizzato. Uno dei due, l'uomo delle pulizie, sembrava rimbrottare aspramente l'altro, il punk, il quale non rispondeva e continuava a strizzare lo straccio sporco nel secchio.

– Ora, agente Rossi, per colpa sua dovremo cambiare i nostri travestimenti, – diceva severo il capitano di polizia al punk, – e non so proprio come potrà nascondere quella cresta rossa –. E dopo aver alquanto riflettuto, aggiunse: – Dovrà raparsi completamente la testa, e nell'attesa che le ricrescano i capelli portare un berretto o un cappello.

L'agente Rossi Erminio non rispondeva: era molto avvilito. Il capitano Florindo Flores continuava a infierire: – Proprio la nuova fiamma del professor Euclide Rossi doveva assalire, e travestito da punk... Tutti hanno pensato a un tentativo di stupro, e per poco non la linciavano.. Per fortuna gli studenti del Politecnico non devono avere i riflessi molto pronti.

L'agente Rossi continuava a non rispondere, anche se pensava che il suo capo avrebbe potuto dargli una mano, invece di continuare imperterrito a lavare il pavimento. E se gli studenti del Politecnico avessero avuto i riflessi pronti e lo avessero linciato? Adesso poi gli toccava raparsi tutta la testa e andare in giro con un cappello per un paio di mesi: e si era alla fine di aprile. Quindi maggio e giugno, con il caldo che faceva a Torino in quella stagione, quando l'estate scoppia improvvisa e diventa subito afosa.

Il giorno dopo agente e capitano si incontrarono davanti al Politecnico: uno vestito con un gessato grigio scuro, guanti e cappello neri e occhiali neri, l'altro in calzoni bianchi con racchetta da tennis sotto il braccio.

– Che cos'è quel nastro bianco al cappello? Sembra un gangster anni trenta, – disse il capitano Florindo Flores agitando la racchetta da tennis in direzione della testa dell'agente Rossi.

– Posso togliermi il cappello, signor capitano, – disse l'agente Rossi.

– Imbecille! Cosí mostra la zucca pelata!

L'appostamento davanti allo studio del professor Euclide Rossi non fu infruttuoso: i due poliziotti, travestiti come si è detto, attesero che il professore con il suo seguito di studenti e simpatizzanti si avviasse verso l'aula di lezione. Per tutto questo tempo passeggiarono su e giú per il corridoio sbirciando dove nascondersi al momento opportuno: scelsero lo stanzino delle scope, secchi e altri attrezzi di pulizia, quello stesso dove il capitano aveva preso la sua attrezzatura il giorno precedente. Vi entrarono, si sistemarono tra spazzoloni e fustini di detersivi, e spiarono attraverso la porta socchiusa.

Nel corridoio s'era fatto un grande silenzio; partito il professore con il suo seguito, non si vedeva nessuno; tutto deserto. Il capitano cercò di sistemarsi come meglio poté su un secchio capovolto. L'agente rimase in piedi rassegnato ad attendere in quella posizione, magari tutto il resto del pomeriggio, qualcosa che non sarebbe accaduto mai.

– Adesso, – raccomandò il capitano, – non salti addosso alla prima persona che vede apparire. Assicuriamoci prima che tenti di entrare nello studio del professor Rossi: lí, sulla soglia, la blocchiamo. Ma senza schiamazzi, senza gesti plateali, come persone civili quali siamo. Capito?

L'agente fece cenno di sí con il capo. E attesero in silenzio. A un tratto si udí il ronzio di un ascensore che si fermava proprio lí a quel piano, lo scatto della porta automatica che si apriva, e una figuretta smilza in giacca e pantaloni apparve in fondo al corridoio. A mano a mano che si avvicinava, fu chiaro che era una donna, benché portasse i capelli tagliati cortissimi. Si avvicinava con passo elastico e silenzioso, calzando scarpe da ginnastica. In mano teneva una cartella evidentemente vuota.

I due nello stanzino degli spazzoloni si diedero di gomito.

– Dev'essere lei, – mormorò il capitano, – teniamoci pronti.

E infatti la figura si fermò proprio davanti allo studio del professor Euclide Rossi. Dopo essersi accertata che nel corridoio non c'era nessuno, girò la maniglia e aprí la porta.

Fu un attimo: i due poliziotti le furono sopra nel momento in cui, infilatasi nello studio con incredibile velocità, si accingeva con un temperino a forzare un cassetto della scrivania. Rotolarono a terra tutti e tre. Quando i poliziotti si rialzarono fecero in tempo a vedere la loro preda che fuggiva dalla porta. La inseguirono nel corridoio, che nel frattempo si era riempito di gente perché il professor Euclide Rossi aveva lasciato l'aula e rientrava nel suo studio col solito codazzo di ammiratori. Aveva accanto a sé la stessa ragazza bionda del giorno prima, che dovette riconoscere i due poliziotti perché fuggí spaventata chiamando aiuto. Intanto la ladra cercava di svignarsela, ma il capitano, che portava anche lui scarpe da tennis, la agguantò per la falda della giacca – capí allora perché la ragazza portava i capelli cosí corti –, e siccome gli stava sfuggendo di mano, non trovò di meglio che sculacciarla ripetutamente con la racchetta da tennis. Per fortuna sopraggiunse l'agente Rossi che la immobilizzò, mentre quella strillava che la volevano violentare, che qualcuno la aiutasse, eccetera eccetera.

Gli studenti rimasero a guardare interdetti, e siccome erano del Politecnico e avevano i riflessi lenti, i due poliziotti ebbero il tempo di qualificarsi e mettere le manette all'energumena. Poi tra lo stupore generale la condussero, sempre recalcitrante, nello studio del professor Euclide Rossi. E tutti si sedettero ansimando.

15.
Il professor Euclide Rossi

– Chiuda la porta, professore, per piacere, – disse il capitano asciugandosi il sudore, – e niente studenti qui –. Il professore obbedí, lasciò fuori gli studenti tranne la ragazza bionda, che si sedette accanto a lui dietro la scrivania. Il professore si tolse gli occhiali per pulirli, e chiese:

– Volete avere la bontà di spiegarmi che cosa è questo parapiglia? Anche ieri, se non erro, qualcuno ha tentato di mettere le mani addosso a questa povera ragazza, – e accennava alla biondona che gli sedeva accanto, – la quale, poverina, si è molto, molto spaventata, – e cosí dicendo le accarezzava i capelli guardandola con occhi da furetto arrapato.

I due poliziotti intanto avevano ripreso fiato ed erano in grado di spiegare il loro operato.

– Professore, – disse il capitano Florindo Flores, – non siamo degli stupratori, ma agenti di pubblica sicurezza. Ieri, è vero, c'è stato un terribile equivoco, abbiamo sbagliato obiettivo, – e cosí dicendo dava uno sguardo severo all'agente Rossi, – ma oggi siamo convinti di aver messo le mani sulla persona giusta, – e indicava la ragazza ammanettata. – L'abbiamo sorpresa mentre tentava con un temperino di forzare uno dei cassetti della sua scrivania.

– Oh, davvero? – esclamò stupito il professore. – E quale?

– Quello, – rispose il capitano indicando il cassetto che aveva subito il tentativo di scasso.

– Che strano! – esclamò il professore. – È proprio l'unico che tengo chiuso a chiave, – e cosí dicendo estraeva dal taschino della giacca una chiave che faceva danzare davanti agli occhi dei presenti.

– Probabilmente perché lí tiene delle carte segrete, – interloquí il capitano.

Il professore ebbe un sorriso furbesco:

– Niente affatto. Le carte segrete le tengo a casa mia in cassaforte. Sapete, sono cose molto importanti, di carattere scientifico. Cose che ho scoperto io, e di cui nessuno, almeno nel nostro Paese, è a conoscenza.

– Sulle clonazioni, – intervenne il capitano. Il professore lo guardò stupito:

– E lei come fa a saperlo? Credevo fosse un segreto, una cosa ignota a tutti.

– È una storia lunga e complicata. Le basti sapere che la signorina cercava proprio quelle carte che lei tiene nella sua cassaforte, e le cercava in questo cassetto.

– Oh oh oh! – rise il professore. – Questa è proprio tutta da ridere. È vero che questo è l'unico cassetto della scrivania che tengo chiuso a chiave. Ma sapete perché? Perché in questo cassetto conservo i miei cioccolatini preferiti, cioccolatini al rum. Lo tengo chiuso per evitare che qualche studente... voi mi capite –. E così dicendo aprí il cassetto e ne estrasse una scatola che fece girare tra i presenti. – Prenda, non faccia complimenti, le farà bene dopo lo spavento che questi signori le hanno causato, – disse porgendo la scatola alla ragazza in manette. – Ma a proposito, – aggiunse il professore vedendo che la ragazza aveva qualche difficoltà a muovere le mani, – non si possono toglierle quei cosi?

Aveva rivolto le ultime parole al capitano, il quale si alzò, andò a chiudere a chiave la porta, e poi fece cenno all'agente di togliere le manette alla ragazza, quindi spiegò:

– Sa, professore, ci è già sfuggita una volta, direi, proprio sotto gli occhi...

Ma la ragazza sembrava aver perso tutta la sua grinta, l'agilità con cui era sfuggita alle mani dell'agente e il volume di voce con cui aveva strillato alle sculacciate del capitano. Se ne stava mogia mogia, senza reagire, e ci volle un altro invito del professore perché prendesse un cioccolatino.

– Su, su, figliuola, – la rincuorava questi, con fare paterno, – vedrà che tutto si aggiusterà...

– Beh, veramente... – intervenne il capitano, – la situazione della signorina è abbastanza grave. Soprattutto complessa. Vede, professore la signorina, di cui per il momento non sappiamo neppure il nome, ha tentato di clonare un essere umano, un illustre semiologo; ha ripetuto il tentativo tre volte, ma le clonazioni le riuscivano sempre imperfette, e per liberarsene le ha gettate nel Po.

– Tutte in una volta? – chiese stupito il professore, che si immaginava tre finti cadaveri galleggianti uno accanto all'altro.

– No, – corresse il capitano. – Gettava i corpi a mano a mano che li produceva: noi infatti li abbiamo ripescati tutti ai Murazzi, ma in tempi diversi. Adesso la signorina cercava di impadronirsi dei suoi appunti, perché è noto che lei sta studiando con molto successo questa materia... Supponiamo che volesse perfezionare le sue clonazioni, correggere qualche errore. Ma non sappiamo a quale scopo.

– Oh, questo mi lusinga, mi lusinga molto, – esclamò il professore.

E rivolto alla ragazza, chiese: – E quale difetto vorrebbe correggere?

La ragazza alzò gli occhi timidamente, e sussurrò: – I miei clonati risultano tutti inanimati.

– Ah! mia cara fanciulla, ma neppure io sono mai riuscito a dare vita a un essere clonato, e neppure alcuno dei miei colleghi, a quanto mi risulta. Neppure gli americani, neppure i giapponesi che in questa scienza sono molto avanti, senza contare che dispongono di ben altri mezzi, oh... per carità, e quali mezzi!

Il capitano che si era distratto un momento per scegliersi un cioccolatino, chiese: – Scusate, ma che cosa manca a queste clonazioni? I corpi che la signorina ha gettato nel fiume, sembravano perfetti...

Il professore si fece molto serio, e disse: – Alle nostre clonazioni, anche le meglio riuscite, manca la vita, signor capitano. La vita, mi capisce? Ci sono tutti gli organi vitali, cuore, polmoni, cervello, persino il sangue, tutto a posto... ma nulla si muove.

La fanciulla guardava il professore con un misto di meraviglia e tristezza: – Sicché neppure lei, professore...?

– No, figliuola. Neppure io, – rispose il vecchietto scuotendo la testa. – Per ora almeno. Ma chissà che un giorno... io o qualcun altro... Non bisogna mai disperare. I tempi della scienza qualche volta sono lunghi.

A queste parole la ragazza scoppiò in lacrime. Piangeva e singhiozzava talmente che il capitano Florindo Flores si sentí in dovere di porgerle un fazzolettino di carta. Il professore la guardava con immensa compassione:

– È commovente, – disse, – vedere una giovane fanciulla disperarsi cosí per un insuccesso della scienza, ammesso che sia un insuccesso e non un semplice ritardo –. Ed era visibilmente commosso anche lui. – Ma ora, figliuola, non faccia cosí per qualcosa di cui lei non ha nessuna colpa. Anzi, se è vero quello che mi ha detto il capitano, lei è stata molto brava nelle sue clonazioni. Vedrà che nel giro di qualche anno, due o tre, o forse piú, la scienza risolverà anche questo problema, di infondere la vita in un essere clonato...

Ma a queste parole la fanciulla riprese a singhiozzare con maggior violenza, sí che il capitano

Florindo Flores dovette porgerle un altro fazzolettino di carta.

– Perché tutta questa disperazione? – chiese sollecito il professore. – In fondo le mie sono parole di speranza. Forse quel giorno felice io non lo vedrò, che sono vecchio, ma lei, cosí giovane...

E cosí dicendo le porgeva nuovamente la scatola dei cioccolatini, fulminato da una occhiata feroce della biondona che gli sedeva accanto e alla quale aveva trascurato di porgere la scatola. La ragazza prese con mano incerta un cioccolatino e, sempre singhiozzando, con voce rotta disse:

– Io potrei anche aspettare, ma lui no...

– Lui, chi? – chiesero a una voce il professore e il capitano.

– Lui, la persona che volevo clonare. Lui non è tanto giovane, e qualche anno d'attesa può invecchiarlo troppo, capite? potrebbe non essere piú desiderabile, non piacermi piú. E allora a che servirebbe clonarlo?

Il professore e il capitano ebbero un attimo di stupore. Poi il professore, riavutosi per primo, chiese:

– Ma lei, signorina, perché vuole clonare il collega semiologo? Questo in realtà non mi è affatto chiaro, soprattutto se prescinde dalle sue capacità scientifiche.

La ragazza, che si era un po' calmata succhiando il cioccolatino al rum, taceva, scossa ancora da sporadici singhiozzi. Il capitano allora prese a sua volta la parola:

– Il professore ha ragione: lei ha tentato di clonare un personaggio illustre, nientemeno che il piú celebre semiologo italiano; ha commesso a questo scopo diversi reati, che poi elencheremo, ma non per impadronirsi delle facoltà scientifiche della persona...

– Reati? – intervenne il professore con veemenza: era evidente il suo intento protettivo. – Di grazia, quali reati ha commesso questa povera fanciulla?

– Beh... Anche volendo prescindere dalla clonazione, su cui la giurisprudenza non si è ancora espressa, c'è il furto di cartella con appunti, ai danni di un altro professore, travestimento a scopo di furto, inquinamento grave delle acque dei fiumi con cadaveri finti, non si sa se biodegradabili o meno, e ora il tentativo di scasso...

– Tutti reati da ridere, – sentenziò il professore, facendo il gesto di spazzare via qualcosa con la mano. – Ma torniamo a noi, – continuò rivolgendosi alla ragazza, – non ci ha ancora detto perché voleva clonare l'illustre collega.

La ragazza, che aveva smesso di piangere per ascoltare l'elenco dei reati che il capitano andava snocciolando, arrossí violentemente alla precisa domanda del professore. Poi inghiottí saliva, e finalmente tirò fuori una vocetta ancora tutta tremante:

– Perché, – sussurrò, – ne sono innamorata.

A queste parole seguí un attonito silenzio. Il professore per primo recuperò la parola, e disse:

– Non mi sembra una buona ragione. Non le basta l'originale?

– Basterebbe, – sospirò la ragazza, – se io fossi l'unica spasimante. Ma siamo un mucchio, – concluse scuotendo la testa.

Seguí un altro silenzio generale. Imbarazzato, questa volta. Si sentiva il respiro ancora affannoso della ragazza. La quale continuò: – E io non sono la prima in lista d'attesa. Lui non si è ancora accorto di me.

Tutti allora notarono che la fanciulla non era affatto vistosa, soprattutto confrontata con quella che sedeva accanto al professore. Minuta, capelli castani, occhi castani arrossati dal pianto, bocca tremante. Carina, però. E certamente molto intelligente. Il professore fu il primo a sottolinearlo:

– Si faccia coraggio, signorina! Con l'intelligenza che le ha consentito di fare delle clonazioni quasi perfette... a proposito mi piacerebbe vederle, se fosse possibile, – queste ultime parole erano rivolte al capitano, che le udí inorridendo, – con la sua intelligenza, dicevo, non le sarà difficile farsi notare e... e... – non finí la frase perché era sottintesa.

– Eh... professore, crede proprio che sia l'intelligenza a far notare una ragazza? – rispose dando un'occhiata significativa alla biondona. – Almeno se di quell'uomo ce ne fosse piú di un esemplare, mi sono detta, ce ne sarebbe forse anche uno per me... Ecco perché volevo clonarlo.

16.

Dal sostituto procuratore

Tutti erano commossi da questa confessione, e guardavano la povera ragazza con occhi umidi. Al professor Euclide Rossi sfuggí pure una lacrima.

Il capitano Florindo Flores fu il primo a riprendere coscienza della situazione, e disse:

– Cara ragazza, comprendiamo tutti benissimo il suo problema, e vorremmo che, non essendo riuscita nel suo intento, almeno non dovesse essere condannata per qualcuno dei numerosi, ahimè, reati che ha commesso. Se dipendesse da me, – e a questo punto si soffiò rumorosamente il naso, – la lascerei andare per la sua strada. Ma purtroppo, – offrendo il pacchetto dei fazzoletti alla ragazza che piangeva in silenzio, – la cosa è già nelle mani del giudice e toccherà a lui decidere. E ora, signori, sono costretto a invitarvi tutti dal giudice, anche lei, professore, in qualità di testimone. La signorina, – e accennava alla biondona, – può esimersi, se vuole. Propongo anzi di andare subito dal giudice, se è libero, per evitare alla signorina un'attesa in camera di sicurezza. Posso usare il suo telefono, professore?

Alla risposta affermativa di quest'ultimo, il capitano si attaccò al ricevitore, mentre il vecchio professore aiutava l'indagata, tuttora piangente, ad alzarsi e la consolava con buone parole. Poi tutta la compagnia mosse dal Politecnico alla volta dell'ufficio del giudice sull'auto guidata dall'agente. Accanto al conducente sedeva il capitano, e sul sedile posteriore sedevano le due ragazze con in mezzo il professore. La biondona aveva voluto andare anche lei per tenere d'occhio il suo vecchietto, come lo definiva in cuor suo, il quale infatti si prodigava in atti consolatori forse un po' eccessivi. Il capitano pensava che in quell'insolita situazione aveva trascurato il suo preciso dovere di sedere accanto all'imputata, per evitare che al primo semaforo schizzasse fuori dalla macchina. Per fortuna in quel modello d'automobile tutte le portiere si potevano bloccare mediante un pulsante sul cruscotto; e lui le bloccò. Era pur vero che la ragazza sembrava piuttosto distrutta, ma, si sa, delle donne è meglio non fidarsi...

Giunsero al palazzo della Procura senza alcun incidente. Quando scesero dall'auto, il capitano prese sottobraccio la ragazza, l'agente le si mise all'altro fianco, e tutti insieme salirono all'ufficio del giudice. Davanti alla porta, dove sostarono giusto il tempo perché l'usciere li annunciasse, la biondona chiese:

– Devo entrare anch'io?

– Certo, – rispose il professore. E poi rivolto al capitano: – Anche lei è un testimone, non è vero?

– Sí, va bene, – rispose il capitano con il tono

di chi fa una concessione, mentre fra sé pensava: «Guarda un po' questi vecchietti..»

Entrarono tutti riempiendo lo studio del giudice, che era piuttosto piccolo. In posizione centrale, proprio di fronte al giudice, sedettero l'imputata, il capitano alla sua destra e il professore alla sinistra. Tutti tacevano in attesa che il giudice prendesse la parola.

– Lei dunque si fingeva impedita, e usava la sedia a rotelle per completare il suo travestimento?

La ragazza accennò di sí con la testa.

– Con tale travestimento ha gettato il risultato delle sue clonazioni nel Po, per disfarsene, perché erano riuscite imperfette.

La ragazza accennò ancora una volta di sí con la testa. A questo punto intervenne il capitano Florindo Flores:

– Occorre dire che si è subito premurata di telefonare alla polizia perché i cadaveri fossero recuperati. E con questo cade il reato di inquinamento.

Il giudice diede al capitano un'occhiata severissima, e disse:

– Questo lo decideremo noi alla fine dell'interrogatorio, che si preannuncia molto lungo. Andiamo avanti. Perché assisteva al ripescaggio dei corpi? – continuò la sua indagine il magistrato.

– Ma per assicurarsi che non restassero nell'acqua a inquinarla! – esclamò il capitano. Che si procurò un'altra occhiataccia e una reprimenda:

– Lasci parlare l'indagata, capitano! Non è il suo avvocato difensore, e non confonda i ruoli –. Poi, rivolto alla ragazza: – È vero quello che ha detto il capitano? Risponda parlando, per favore. Il cancelliere deve mettere a verbale le sue risposte.

A quel punto tutti si voltarono a cercare il cancelliere, e infine lo videro in un angolo appartato, che diteggiava su un computer. Allora la ragazza rispose che sí, stava ai Murazzi a controllare che i cadaveri venissero debitamente ripescati.

– Passiamo al furto della cartella con gli appunti del professor Rossi... – sfogliò un incartamento alla ricerca del nome di battesimo, – Paride, sí ecco: Paride Rossi.

– Fu uno scambio di persona, – confessò la ragazza, – io volevo rubare quelli del professor Euclide Rossi. Ma non lo conoscevo di persona...

– Ha dunque letto le mie opere? – intervenne il professor Euclide Rossi, tutto compiaciuto.

– Sí, e con molto interesse, – rispose la ragazza. – Solo che manca la conclusione, l'atto che rende perfetta la clonazione di un essere vivente...

– Verrà, figliuola, verrà anche quello. Abbia fiducia nella scienza. Forse ci vorranno anni, come le ripeto,... ma verrà.

– Signori, – intervenne il giudice con tono perentorio, – non divaghiamo. Non siamo qui per parlare delle ipotetiche conquiste della scienza, – e disse queste ultime parole con accento sarcastico. – Piuttosto, – riprese con tono professionale quando ebbe ottenuto silenzio, – ritorniamo ai reati. Rimane ancora, se ho capito bene, il tentativo di scasso a scopo di furto. Alludo al cassetto della scrivania del professore.

– Tentativo non riuscito, – intervenne di nuovo, suo malgrado, il capitano, – perché noi abbiamo fermato la signorina giusto in tempo per impedirglielo.

– E poi in quel cassetto, – aggiunse il professore, – che per altro è l'unico chiuso a chiave, io tengo soltanto i miei cioccolatini preferiti, sa... per via degli studenti, e anche degli assistenti.

– Ma allora di tutta questa vicenda della signorina... a proposito, come si chiama?

– Olga Rossi, – rispose pronta la ragazza.

– Anche lei? – chiesero a una voce il giudice e il capitano. – Rossi anche lei? – La ragazza si strinse nelle spalle e non disse niente.

– Va bene, va bene, darà poi tutte le sue generalità al cancelliere, – continuò il giudice. – Dunque, in conclusione, di tutta questa vicenda non rimangono in concreto che i tre corpi di reato, voglio dire i similcadaveri, che, se non ricordo male, sono sepolti nel cimitero di... Non è vero, capitano?

Il capitano annuí.

– A questo punto non ci resta che il riconoscimento dei corpi del reato da parte della signorina Rossi. Dovremo recarci tutti a... – concluse il giudice. – Venga anche lei, cancelliere, per la necessaria verbalizzazione in loco.

17.

I corpi del reato

Due auto della polizia giunsero rombando davanti al cancello del cimitero di... Il custode stava appoggiato allo stesso ed era intento a pulirsi le unghie con un temperino. Quando vide scendere tutta quella gente alzò gli occhi dal lavoro che lo teneva occupato, guardò per un attimo, poi riprese tranquillamente la precedente occupazione. Si guardò bene dall'andare a salutare il giudice e il capitano, che pure conosceva, e tanto meno dal baciar loro le mani come aveva fatto l'altra volta.

I due si guardarono stupiti chiedendosi, ognuno per conto proprio, che cosa avesse tanto mutato l'atteggiamento del custode. Ma nessuno disse niente.

– Dobbiamo fare un sopralluogo alle tre salme a voi affidate e qui sepolte, – disse il capitano Florindo Flores.

– Non è possibile, – rispose il custode continuando a pulirsi le unghie.

– Come, non è possibile? – insistette il capitano.

– Non sono piú qui.

– Non sono piú qui? Ci vuole spiegare che storia è questa? – intervenne, già irritato, il giudice.

Il custode con un sospiro chiuse il temperino e se lo mise in tasca.

– Eccellenze, – disse guardando ora il capitano, ora il giudice, – quelli che mi avete portato non erano i cadaveri buoni.

– Come sarebbe che non erano buoni? – chiese precipitosamente il capitano, che temeva fosse stata scoperta la non autenticità dei cadaveri.

– Quelli che aspettavo, e per i quali avevo già scavato le tre fosse, sono arrivati in ritardo sul tempo previsto. Perciò io mi sono ingannato e ho creduto che fossero i vostri. Ingenuo fui ad accettarli.

– Ma questi cadaveri buoni da dove vengono? Chi li ha portati? – chiese il giudice.

– Uno che non conosco. Erano già in ordine nelle loro bare, coi loro nomi scritti su targhette di ottone. Tutto in regola, eccellenza. E a me non tocca fare indagini sulla provenienza delle salme. Io sono solo il becchino, e per loro, che mi erano stati annunciati, avevo già scavato le tre fosse. Siete voi, signori, che avete approfittato della situazione.

Il giudice e il capitano rimasero senza parole. Poi, inghiottendo saliva, il capitano chiese:

– E dei nostri cadaveri che cosa ha fatto?

– Che cosa ho fatto? Che cosa dovevo fare di cadaveri sconosciuti, che mi rifilano al posto di quelli giusti sorprendendo la mia buona fede, e che non erano neppure nelle bare? E con il nome scritto su un pezzo di carta? – Il custode stava alzando la voce. – Che cosa ne ho fatto? – ripeté con tono alterato, – li ho bruciati, ecco che ne ho fatto.

– Bruciati? – chiesero a una voce il giudice e il capitano. – E dove?

– Ho dovuto trasportarli con la carriola fino alla piú vicina discarica. Non ho mica l'automobile, io.

– Bruciati? – ripeté il giudice costernato. – Bruciati i corpi di reato. Gli unici che erano rimasti. – E tutti si guardarono in faccia senza sapere che fare o che dire.

– Bisognerà derubricare tutti i reati di questo caso, – disse il capitano Florindo Flores.

– Quali reati? Non abbiamo in mano nulla. Solo dei verbali, delle testimonianze, ma senza prove, senza corpi di reato. Il furto degli appunti è inconsistente, perché gli stessi sono stati restituiti, lo scasso è rimasto allo stadio di futile tentativo per la futilità dell'oggetto, non parliamo neppure di omicidio, perché non è stato ucciso nessuno. L'unico reato che rimaneva era l'inquinamento di acque pubbliche, ma i corpi inquinanti non esistono piú –. Il giudice era visibilmente molto seccato.

– E la clonazione di esseri umani? – chiese il capitano dopo qualche esitazione.

– Tentativo di clonazione, – corresse il magistrato. – E poi su questa materia la giurisprudenza non si è ancora espressa. In ogni caso il tentativo non è riuscito.

La fanciulla a quelle parole sospirò. Ma subito il professore volle confortarla:

– Vedrà, signorina, che ci riusciremo. E forse non passerà neppure molto tempo. Venga a trovarmi nel mio studio: esamineremo insieme la questione. Venga, venga... Peccato che io non abbia potuto vedere i risultati delle sue clonazioni, peccato veramente.

– Penso, – disse il giudice, – che dovremo prosciogliere la signorina da ogni accusa –. Si guardò le mani: – Non ci rimane niente.

– L'unica cosa che possiamo fare è andare a vedere le tombe dei nostri cadaveri... ex nostri, – si corresse. E rivolto al custode: – Ci faccia strada, se non le spiace.

– Mi spiace, – rispose seccamente il becchino, – ma lo farò ugualmente –. E li precedette sullo stretto sentiero che portava dietro al capanno degli attrezzi.

– Ha detto che sono arrivati già nella bara? – chiese il giudice all'uomo che faceva loro strada.

– Sí, come tutti i cadaveri rispettabili. E con i nomi già scritti sulla loro targhetta di ottone. Ma non so chi sono. Non so niente. Io faccio il becchino e basta. E questa volta non chiedetemi di tirarli fuori, perché non ci provo neanche.

Erano giunti intanto dove tre tumuli freschi stavano allineati uno accanto all'altro. Tre croci uguali con una targhetta di ottone, e tre nomi: Quartetto Rossi, Quintetto Rossi, Sestetto Rossi.

– Di nuovo tre fratelli, – commentò il becchino.

– E si direbbero musicisti, – aggiunse il capitano. Dopo un certo silenzio, osservò scuotendo la testa: – Troppi Rossi in questa città.

Poi tutta la compagnia si avviò in silenzio verso l'uscita del cimitero.

18.

Epilogo

Il capitano Florindo Flores non passò neppure a casa sua; si recò direttamente al Commissariato, entrò nel suo ufficio, e si sedette pesantemente alla scrivania. Dopo essere rimasto un poco pensieroso, aprí un cassetto e cominciò a vuotarlo ammucchiandone il contenuto sul piano della scrivania. Era il cassetto da cui estraeva i fogli bianchi per scrivere il resoconto delle sue indagini. Guardò i fogli con malinconia e disse tra sé:

«D'ora in poi non mi servirete piú. Anzi: me ne servirà uno solo, per scrivere la lettera di dimissioni ai miei superiori. Ne ho abbastanza di questo lavoro».

In quel momento entrò l'agente di servizio con un foglio che depose sulla scrivania. Era la denuncia di furto di un pastore maremmano, «di pelo bianco, peso trenta chilogrammi circa, mite e molto affettuoso», recitava il foglio della denuncia.

Florindo Flores ebbe un momento di dubbio: non gli sarebbe dispiaciuto occuparsi del caso del pastore maremmano, il cagnone bianco, mite e molto affettuoso, salvarlo magari da qualche losco individuo che lo aveva sottratto ai suoi padroni per rivenderlo, forse a qualcuno che avrebbe obbligato il mite pacioccone a fare la guardia, cosa per cui non aveva nessuna vocazione, e lo avrebbe trasformato in un cane feroce a furia di botte...

Stava quasi per rimettere tutte le sue cose nel cassetto e rimandare il momento delle dimissioni, quando suonò il telefono. Era il sostituto procuratore:

– Signor capitano, la visita al cimitero di... ha destato in me un sospetto: chi sono i tre morti sepolti al posto dei nostri similcadaveri? Ha notato come era cambiato l'atteggiamento del custode? Li attendeva, perché gli erano stati segnalati da qualcuno a cui lui obbedisce ciecamente. Tutto questo puzza di mafia. Bisognerà indagare sulla morte di quei tre signori Rossi che hanno sostituito i nostri.

– Mi dispiace, signor giudice, ma ho già un altro caso per le mani.

– Quale caso?

– Beh... una cosa meno importante, ma a cui non vorrei sottrarmi, – confessò con qualche timidezza il capitano Florindo Flores.

– Dica, dica pure. Di che si tratta? – insistette impietoso il magistrato.

– Del furto di un pastore maremmano, – disse tutto d'un fiato il capitano.

– Di che? – la voce del giudice suonava tra l'incredulo e lo scandalizzato.

– Di un cane, signor giudice. – Il capitano Florindo Flores aveva riacquistato il senso della sua dignità.

– E lei pensa che il furto di un cane sia cosa di cui si debba occupare un capitano della polizia? Con tutti i delitti che avvengono in questa città? E che restano impuniti? – Questa volta il giudice parlava con un tono decisamente scandalizzato, e tanto infuriato che il capitano non seppe che cosa rispondere, lasciando cosí spazio al giudice di infierire:

– E perché non va anche a tirare giú i gatti dai tetti e a rintracciare i pappagalli sfuggiti alle vecchie signore? Capitano Florindo Flores, si ricordi che il suo compito è di arrestare i delinquenti e non di proteggere la fauna. Per quello c'è il WWF. Per lei ci sono tre cadaveri molto sospetti, su cui le consiglio di aprire immediatamente un'inchiesta. Cominciando dalla riesumazione. E forse procedendo al fermo del custode del cimitero, che è fortemente sospetto. E non si lasci intimidire da minacce, che verranno sicuramente. Intesi? – E riattaccò.

Il capitano Florindo Flores riaprí il cassetto della scrivania ed estrasse un foglio bianco sul quale cominciò a scrivere: «Illustrissimo Signor Questore, il sottoscritto...» La sua lettera di dimissioni. No, non avrebbe sopportato di vedere in faccia i signori Quartetto, Quintetto e Sestetto Rossi...

– Troppi Rossi in questa città, – mormorò. Gli dispiaceva per il pastore maremmano, quello sí. Del suo caso si sarebbe occupato volentieri. Ma pazienza. Si sarebbe consolato coltivando le lattughe del suo orticello, i fiori del futuro giardino, piantando alberi, potandoli: la vita agreste finalmente. Lontano da tutti quei Rossi soprattutto. Ormai, per fortuna, aveva età e servizio pensionabili.

Terminata la lettera, la pose su un angolo della scrivania. L'avrebbe portata a mano al questore: gli avrebbe spiegato a voce i motivi delle sue precoci dimissioni, e quello forse avrebbe capito. Se non avesse capito, non importava. Lui esercitava un suo sacrosanto diritto.

Dal medesimo cassetto trasse una mappa dettagliata delle località collinari intorno ad Asti, su cui aveva segnato con la matita rossa un bel circoletto, la zona dove aveva scoperto una casetta in vendita che gli era piaciuta e che aveva comperato segretamente. Neppure a sua moglie aveva detto niente.

Si mise gli occhiali per leggere il nome della località esatta su cui stava la sua casetta: era scritto molto in piccolo e dovette fare uno sforzo per decifrarlo. Ed ebbe un tuffo al cuore: infatti lesse «Bricco Rossi».

Indice

Stampato nell'aprile 1997 per conto della Casa editrice Einaudi
presso G. Canale & C., s.p.a., Borgaro (Torino)

C.L. 14509

Einaudi Tascabili

1 Omero, *Odissea*. Versione di Rosa Calzecchi Onesti. Testo a fronte (10ª ed.).
2 Levi (Primo), *Se questo è un uomo. La tregua* (20ª ed.).
3 Least Heat-Moon, *Strade blu. Un viaggio dentro l'America* (9ª ed.).
4 Morante, *Aracoeli. Romanzo* (8ª ed.).
5 Virgilio, *Eneide*. Introduzione e traduzione di Rosa Calzecchi Onesti. Testo a fronte (7ª ed.).
6 *Storia d'Italia. I caratteri originali*. A cura di Ruggiero Romano e Corrado Vivanti (2 volumi).
7 Levi (Carlo), *L'Orologio* (2ª ed.).
8 Bloch (Marc), *I re taumaturghi. Studi sul carattere sovrannaturale attribuito alla potenza dei re particolarmente in Francia e in Inghilterra*.
9 Packard, *I persuasori occulti* (5ª ed.).
10 Amado, *Teresa Batista stanca di guerra* (11ª ed.).
11 Buñuel, *Sette film* (L'età dell'oro. Nazarin. Viridiana. L'angelo sterminatore. Simone del deserto. La via lattea. Il fascino discreto della borghesia) (2ª ed.).
12 *I Vangeli apocrifi*. A cura di Marcello Craveri (6ª ed.).
13 Sciascia, *Il giorno della civetta* (5ª ed.).
14 Sciascia, *Il contesto. Una parodia* (2ª ed.).
15 Sciascia, *Todo modo* (2ª ed.).
16 Fitzgerald, *Tenera è la notte* (10ª ed.).
17 Schulberg, *I disincantati*.
18 Sartre, *La nausea* (8ª ed.).
19 Bataille, *L'azzurro del cielo* (2ª ed.).
20 Musil, *I turbamenti del giovane Törless* (5ª ed.).
21 Mann, *La morte a Venezia* (5ª ed.).
22 Shirer, *Storia del Terzo Reich* (2 volumi) (3ª ed.).
23 Frank, *Diario* (13ª ed.).
24 Rigoni Stern, *Il sergente nella neve. Ritorno sul Don* (8ª ed.).
25 Fenoglio, *Una questione privata. I ventitre giorni della città di Alba* (8ª ed.).
26 Deakin, *La brutale amicizia. Mussolini, Hitler e la caduta del fascismo italiano* (2 volumi).
27 Nerval, *Le figlie del fuoco*.
28 Rimbaud, *Opere*. Testo a fronte (3ª ed.).
29 Walser, *L'assistente* (3ª ed.).
30 Vassalli, *La notte della cometa. Il romanzo di Dino Campana* (6ª ed.).
31 Svevo, *La coscienza di Zeno e «continuazioni»*.
32 Pavese, *Il carcere*.
33 Pavese, *Il compagno* (7ª ed.).
34 Pavese, *La casa in collina* (11ª ed.).
35 Omero, *Iliade*. Versione di Rosa Calzecchi Onesti. Testo a fronte (6ª ed.).
36 Tolstoj, *Guerra e pace* (2 volumi) (5ª ed.).
37 Codino, *Introduzione a Omero*.
38 De Roberto, *I Viceré* (5ª ed.).
39 Jovine, *Signora Ava*.
40 Levi (Carlo), *Cristo si è fermato a Eboli* (8ª ed.).
41 Rea, *Gesú, fate luce*.
42 Tornabuoni, *'90 al cinema*.
43 Gino & Michele - Molinari, *Anche le formiche nel loro piccolo s'incazzano* (18ª ed.).
44 Balzac, *Splendori e miserie delle cortigiane*.
45 Proust, *Contro Sainte-Beuve*.

Proust, *Alla ricerca del tempo perduto*:
46 *La strada di Swann* (2 volumi).
47 *All'ombra delle fanciulle in fiore* (3 volumi).
48 *I Guermantes* (3 volumi).
49 *Sodoma e Gomorra* (2 volumi).
50 *La prigioniera* (2 volumi).

51 *Albertine scomparsa*.
52 *Il tempo ritrovato* (2 volumi).
53 *I Vangeli* nella traduzione di Niccolò Tommaseo. A cura di Cesare Angelini.
54 *Atti degli Apostoli*. A cura di Cesare Angelini.
55 Holl, *Gesú in cattiva compagnia*.
56 Volponi, *Memoriale* (3ª ed.).
57 Levi (Primo), *La chiave a stella* (6ª ed.).
58 Volponi, *Le mosche del capitale* (2ª ed.).
59 Levi (Primo), *I sommersi e i salvati* (7ª ed.).
60 *I padri fondatori. Da Jahvè a Voltaire*.
61 Poe, *Auguste Dupin investigatore e altre storie*.
62 Soriano, *Triste, solitario y final* (6ª ed.).
63 Dürrenmatt, *Un requiem per il romanzo giallo. La promessa. La panne* (3ª ed.).
64 Biasion, *Sagapò* (3ª ed.).
65 Fenoglio, *Primavera di bellezza* (3ª ed.).
66 Rimanelli, *Tiro al piccione*.
67 Soavi, *Un banco di nebbia*.
68 Conte, *Gli Slavi* (4ª ed.).
69 Schulz, *Le botteghe color cannella*.
70 Serge, *L'Anno primo della rivoluzione russa*.
71 Ripellino, *Praga magica* (8ª ed.).
72 Vasari, *Le vite de' piú eccellenti architetti, pittori, et scultori italiani, da Cimabue insino a' tempi nostri*. A cura di Luciano Bellosi e Aldo Rossi (2 volumi) (4ª ed.).
73 Amado, *Gabriella garofano e cannella* (9ª ed.).
74 Lane, *Storia di Venezia* (5ª ed.).
75 *Tirature '91*. A cura di Vittorio Spinazzola.
76 Tornabuoni, *'91 al cinema*.
77 Ramondino-Müller, *Dadapolis*.
78 De Filippo, *Tre commedie* (2ª ed.).
79 Milano, *Storia degli ebrei in Italia* (4ª ed.).
80 Todorov, *La conquista dell'America* (7ª ed.).
81 Melville, *Billy Budd e altri racconti* (2ª ed.).
82 Yourcenar, *Care memorie* (7ª ed.).
83 Murasaki, *Storia di Genji. Il principe splendente* (2 volumi) (2ª ed.).
84 Jullian, *Oscar Wilde*;
85 Brontë, *Cime tempestose* (5ª ed.).
86 Andersen, *Fiabe* (5ª ed.).
87 Harris, *Buono da mangiare* (6ª ed.).
88 Mann, *I Buddenbrook* (5ª ed.).
89 Yourcenar, *Archivi del Nord* (6ª ed.).
90 Prescott, *La Conquista del Messico* (2ª ed.).
91 *Beowulf* (4ª ed.).
92 Stajano, *Il sovversivo. L'Italia nichilista*.
93 Vassalli, *La chimera* (10ª ed.).
94 *Le meraviglie del possibile. Antologia della fantascienza* (4ª ed.).
95 Vargas Llosa, *La guerra della fine del mondo* (3ª ed.).
96 Levi (Primo), *Se non ora, quando?* (5ª ed.).
97 Vaillant, *La civiltà azteca* (3ª ed.).
98 Amado, *Jubiabá* (4ª ed.).
99 Boccaccio, *Decameron* (2 volumi) (5ª ed.).
100 Ghirelli, *Storia di Napoli* (2ª ed.).
101 Volponi, *La strada per Roma* (3ª ed.).
102 McEwan, *Bambini nel tempo* (6ª ed.).
103 Cooper, *L'ultimo dei Mohicani* (2ª ed.).
104 Petrarca, *Canzoniere* (4ª ed.).
105 Yourcenar, *Quoi? L'Eternité* (3ª ed.).
106 Brecht, *Poesie* (3ª ed.).
107 Ben Jelloun, *Creatura di sabbia* (5ª ed.).
108 Pevsner, Fleming, Honour, *Dizionario di architettura* (6ª ed.).
109 James, *Racconti di fantasmi* (5ª ed.).
110 Grimm, *Fiabe* (5ª ed.).
111 *L'arte della cucina in Italia*. A cura di Emilio Faccioli.
112 Keller, *Enrico il Verde*.
113 Maltese, *Storia dell'arte in Italia 1785-1943*.
114 Ben Jelloun, *Notte fatale* (6ª ed.).
115 Fruttero-Lucentini, *Il quarto libro della fantascienza* (2ª ed.).
116 Ariosto, *Orlando furioso* (2 volumi) (4ª ed.).

117 Boff, *La teologia, la Chiesa, i poveri*.
118 Pirandello, *Sei personaggi in cerca d'autore* (2ª ed.).
119 James, *Ritratto di signora* (5ª ed.).
120 Abulafia, *Federico II* (6ª ed.).
121 Dostoevskij, *Delitto e castigo* (7ª ed.).
122 Masters, *Antologia di Spoon River* (5ª ed.).
123 Verga, *Mastro-don Gesualdo* (2ª ed.).
124 Ostrogorsky, *Storia dell'impero bizantino* (4ª ed.).
125 Beauvoir (de), *I Mandarini* (4ª ed.).
126 Yourcenar, *Come l'acqua che scorre* (5ª ed.).
127 Tasso, *Gerusalemme liberata* (4ª ed.).
128 Dostoevskij, *I fratelli Karamazov* (5ª ed.).
129 Honour, *Neoclassicismo* (2ª ed.).
130 De Felice, *Storia degli ebrei italiani* (3ª ed.).
131 Goldoni, *Memorie* (2ª ed.).
132 Stendhal, *Il rosso e il nero* (4ª ed.).
133 Runciman, *Storia delle crociate* (2 volumi) (3ª ed.).
134 Balzac (de), *La Fille aux yeux d'or* (Serie bilingue).
135 Mann, *Tonio Kröger* (Serie bilingue) (3ª ed.).
136 Joyce, *The Dead* (Serie bilingue) (2ª ed.).
137 *Poesia italiana del Novecento*. A cura di Edoardo Sanguineti (2 volumi) (2ª ed.).
138 Ellison, *Uomo invisibile*.
139 Rabelais, *Gargantua e Pantagruele* (4ª ed.).
140 Savigneau, *Marguerite Yourcenar* (2ª ed.).
141 Scholem, *Le grandi correnti della mistica ebraica* (3ª ed.).
142 Wittkower, *Arte e architettura in Italia, 1600-1750* (5ª ed.).
143 Revelli, *La guerra dei poveri* (2ª ed.).
144 Tolstoj, *Anna Karenina* (5ª ed.).
145 *Storie di fantasmi*. A cura di Fruttero e Lucentini (3ª ed.).
146 Foucault, *Sorvegliare e punire* (4ª ed.).
147 Truffaut, *Autoritratto* (2ª ed.).
148 Maupassant (de), *Racconti dell'incubo* (3ª ed.).
149 Dickens, *David Copperfield* (2ª ed.).
150 Pirandello, *Il fu Mattia Pascal* (4ª ed.).
151 Isherwood, *Mr Norris se ne va* (2ª ed.).
152 Zevi, *Saper vedere l'architettura* (3ª ed.).
153 Yourcenar, *Pellegrina e straniera* (2ª ed.).
154 Soriano, *Mai piú pene né oblio. Quartieri d'inverno* (2ª ed.).
155 Yates, *L'arte della memoria* (3ª ed.).
156 Pasolini, *Petrolio* (5ª ed.).
157 Conrad, *The Shadow-Line* (Serie bilingue) (3ª ed.).
158 Stendhal, *L'Abbesse de Castro* (Serie bilingue) (2ª ed.).
159 Monelli, *Roma 1943* (2ª ed.).
160 Mila, *Breve storia della musica* (3ª ed.).
161 Whitman, *Foglie d'erba* (5ª ed.).
162 Rigoni Stern, *Storia di Tönle. L'anno della vittoria* (2ª ed.).
163 Partner, *I Templari* (6ª ed.).
164 Kawabata, *Bellezza e tristezza* (2ª ed.).
165 Carpi, *Diario di Gusen* (2ª ed.).
166 Perodi, *Fiabe fantastiche* (2ª ed.).
167 *La scultura raccontata da Rudolf Wittkower* (2ª ed.).
168 N. Ginzburg, *Cinque romanzi brevi* (4ª ed.).
169 Leopardi, *Canti* (3ª ed.).
170 Fellini, *Fare un film*;
171 Pirandello, *Novelle* (2ª ed.).
172 Publio Ovidio Nasone, *Metamorfosi* (4ª ed.).
173 *Il sogno della Camera Rossa. Romanzo cinese del secolo* XVIII (2ª ed.).
174 Dostoevskij, *I demoni* (4ª ed.).
175 Yourcenar, *Il Tempo, grande scultore* (2ª ed.).
176 Vassalli, *Marco e Mattio* (3ª ed.).
177 Barthes, *Miti d'oggi* (2ª ed.).
178 Hoffmann, *Racconti notturni* (2ª ed.).
179 Fenoglio, *Il partigiano Johnny* (5ª ed.).

180 Ishiguro, *Quel che resta del giorno* (10ª ed.).
181 Cervantes, *Don Chisciotte della Mancia* (3ª ed.).
182 O'Connor, *Il cielo è dei violenti.*
183 Gambetta, *La mafia siciliana.*
184 Brecht, *Leben des Galilei* (Serie bilingue) (3ª ed.).
185 Melville, *Bartleby, the Scrivener* (Serie bilingue) (2ª ed.).
186 Vercors, *Le silence de la mer* (Serie bilingue) (2ª ed.).
187 *«Una frase, un rigo appena». Racconti brevi e brevissimi.*
188 Queneau, *Zazie nel metró* (5ª ed.).
189 Tournier, *Venerdí o il limbo del Pacifico* (2ª ed.).
190 Viganò, *L'Agnese va a morire.*
191 Dostoevskij, *L'idiota* (6ª ed.).
192 Shakespeare, *I capolavori*. Vol. I°
193 Shakespeare, *I capolavori*. Vol. II°
194 Allen, *Come si diventa nazisti* (3ª ed.).
195 Gramsci, *Vita attraverso le lettere* (2ª ed.).
196 Gogol', *Le anime morte* (2ª ed.).
197 Wright, *Ragazzo negro* (3ª ed.).
198 Maupassant, *Racconti del crimine* (2ª ed.).
199 *Lettere di condannati a morte della Resistenza italiana* (3ª ed.).
200 Mila, *Brahms e Wagner.*
201 Renard, *Pel di Carota* (2ª ed.).
202 Beccaria, *Dei delitti e delle pene.*
203 Levi P., *Il sistema periodico* (3ª ed.).
204 Ginzburg (Natalia), *La famiglia Manzoni* (3ª ed.).
205 Paumgartner, *Mozart.*
206 Adorno, *Minima moralia* (3ª ed.).
207 Zola, *Germinale* (2ª ed.).
208 Kieślowski-Piesiewicz, *Decalogo* (2ª ed.).
209 Beauvoir (de), *Memorie d'una ragazza perbene* (3ª ed.).
210 Leopardi, *Memorie e pensieri d'amore.*
211 McEwan, *Il giardino di cemento* (6ª ed.).
212 Pavese, *Racconti* (2ª ed.).
213 Sanvitale, *Madre e figlia* (2ª ed.).
214 Jovine, *Le terre del Sacramento* (2ª ed.).
215 Ben Jelloun, *Giorno di silenzio a Tangeri* (3ª ed.).
216 Volponi, *Il pianeta irritabile.*
217 Hayes, *La ragazza della Via Flaminia.*
218 Malamud, *Il commesso.*
219 Defoe, *Fortune e sfortune della famosa Moll Flanders.*
220 Böll, *Foto di gruppo con signora* (3ª ed.).
221 Biamonti, *Vento largo.*
222 Lovercraft, *L'orrendo richiamo.*
223 Malerba, *Storiette e Storiette tascabili.*
224 Mainardi, *Lo zoo aperto.*
225 Verne, *Il giro del mondo in ottanta giorni* (2ª ed.).
226 Mastronardi, *Il maestro di Vigevano* (2ª ed.).
227 Vargas Llosa, *La zia Julia e lo scribacchino* (3ª ed.).
228 Rousseau, *Il contratto sociale* (2ª ed.).
229 Mark Twain, *Le avventure di Tom Sawyer.*
230 Jung, *Il problema dell'inconscio nella psicologia moderna.*
231 Mancinelli, *Il fantasma di Mozart e altri racconti.*
232 West, *Il giorno della locusta* (2ª ed.).
233 Mark Twain, *Le avventure di Huckleberry Finn.*
234 Lodoli, *I principianti.*
235 Voltaire, *Il secolo di Luigi XIV.*
236 Thompson, *La civiltà Maja* (2ª ed.)
237 Tolstoj, *I quattro libri di lettura* (2ª ed.)
238 Morante, *Menzogna e sortilegio* (2ª ed.)
239 Wittkower, *Principi architettonici nell'età dell'Umanesimo* (2ª ed.).
240 Somerset Maugham, *Storie di spionaggio e di finzioni.*
241 *Fiabe africane* (2ª ed.).
242 Pasolini, *Vita attraverso le lettere.*
243 Romano, *La penombra che abbiamo attraversato.*
244 Della Casa, *Galateo* (2ª ed.).
245 Byatt, *Possessione. Una storia romantica* (4ª ed.).
246 Strassburg, *Tristano.*
247 Ben Jelloun, *A occhi bassi* (2ª ed.).
248 Morante, *Lo scialle andaluso* (2ª ed.).

249 Pirandello, *Uno, nessuno e centomila* (2ª ed.).

250 Soriano, *Un'ombra ben presto sarai* (3ª ed.).

251 McEwan, *Cani neri* (4ª ed.).

252 Cerami, *Un borghese piccolo piccolo* (2ª ed.).

253 Morante, *Il mondo salvato dai ragazzini e altri poemi* (2ª ed.).

254 Fallada, *Ognuno muore solo* (2ª ed.).

255 Beauvoir (de), *L'età forte* (2ª ed.).

256 Alighieri, *Rime*.

257 Macchia, *Il mito di Parigi. Saggi e motivi francesi* (2ª ed.).

258 De Filippo, *Cantata dei giorni dispari I*.

259 Ben Jelloun, *L'amicizia* (4ª ed.).

260 *Lettere dei condannati a morte della Resistenza europea*.

261 Stajano, *Un eroe borghese* (3ª ed.).

262 Spinella, *Memoria della Resistenza* (2ª ed.).

263 Foscolo, *Ultime lettere di Jacopo Ortis* (2ª ed.).

264 Schliemann, *La scoperta di Troia* (2ª ed.).

265 Dostoevskij, *Umiliati e offesi* (3ª ed.).

266 Ishiguro, *Un pallido orizzonte di colline* (2ª ed.).

267 Morante, *La Storia* (4ª ed.).

268 Romano (Lalla), *Maria* (2ª ed.).

269 Levi Pisetzky, *Il costume e la moda nella società italiana*.

270 Salmon, *Il Sannio e i Sanniti* (2ª ed.).

271 Benjamin, *Angelus Novus. Saggi e frammenti* (3ª ed.).

272 Bolis, *Il mio granello di sabbia* (2ª ed.).

273 Matthiae, *Ebla. Un impero ritrovato* (2ª ed.).

274 Sanvitale, *Il figlio dell'Impero*.

275 Maupassant, *Racconti d'amore* (3ª ed.).

276 Céline, *Casse-pipe* (Serie bilingue) (2ª ed.).

277 *Racconti del sabato sera*.

278 Boiardo, *Orlando innamorato* (2 voll.)

279 Woolf, *A Room of One's Own* (Serie bilingue) (2ª ed.).

280 Hoffmann, *Il vaso d'oro*.

281 Bobbio, *Il futuro della democrazia* (2ª ed.).

282 Mancinelli, *I dodici abati di Challant. Il miracolo di santa Odilia. Gli occhi dell'imperatore* (3ª ed.).

283 Soriano, *La resa del leone* (2ª ed.).

284 De Filippo, *Cantata dei giorni dispari II*.

285 Gobetti, *La Rivoluzione Liberale* (3ª ed.).

286 Wittkower, *Palladio e il palladianesimo*.

287 Sartre, *Il muro* (3ª ed.).

288 D'Annunzio, *Versi d'amore*.

289 D'Annunzio, *Alcione*.

290 Caldwell, *La via del tabacco*.

291 Tadini, *La tempesta*.

292 Morante, *L'isola di Arturo* (4ª ed.).

293 Pirandello, *L'esclusa*.

294 Voltaire, *Dizionario filosofico*.

295 Fenoglio, *Diciotto racconti*.

296 Hardy, *Tess dei d'Uberville* (2ª ed.).

297 N. Ginzburg, *Famiglia*.

298 Stendhal, *La Certosa di Parma* (2ª ed.).

299 Yehoshua, *L'amante* (4ª ed.).

300 Beauvoir, *La forza delle cose*.

301 Ceram, *Civiltà sepolte* (3ª ed.).

302 Loy, *Le strade di polvere* (3ª ed.).

303 Piumini, *Lo stralisco*.

304 Rigoni, *Amore di confine*.

305 Rodinson, *Maometto*.

306 Biamonti, *L'angelo di Avrigue*.

307 Antonioni, *Quel bowling sul Tevere* (2ª ed.).

308 Lodi, *Il paese sbagliato. Diario di un'esperienza didattica*.

309 Machiavelli, *Il Principe* (2ª ed.).

310 Seneca, *Dialoghi morali* (2ª ed.).

311 Dickens, *Casa Desolata* (3ª ed.).

312 Saba, *Ernesto* (2ª ed.).

313 Lawrence, *Donne innamorate*.

314 Pirro, *Celluloide*.

315 Ramondino, *Althénopis*.

316 Rodari, *I cinque libri*.

317 *I Nibelunghi* (2ª ed.).

318 Bobbio, *Stato, governo, società*.

319 La Fontaine, *Favole*.

320 Artusi, *La scienza in cucina e l'arte di mangiar bene*.

321 Romano (Lalla), *Una giovinezza inventata*.

322 De Filippo, *Cantata dei giorni dispari III*.
323 Hilberg, *La distruzione degli Ebrei d'Europa* (2 vol.)
324 Kafka, *Il processo* (Serie Scrittori tradotti da scrittori).
325 Queneau, *I fiori blu* (Serie Scrittori tradotti da scrittori) (3ª ed.).
326 Gogol', *Racconti di Pietroburgo* (Serie Scrittori tradotti da scrittori).
327 James, *Giro di vite* (Serie Scrittori tradotti da scrittori).
328 Borges, *Finzioni* (1935-1944) (Serie Scrittori tradotti da scrittori) (3ª ed.).
329 Radiguet, *Il diavolo in corpo* (Serie Scrittori tradotti da scrittori).
330 De Felice, *Mussolini il rivoluzionario 1883-1920*.
331 De Felice, *Mussolini il fascista*
I. *La conquista del potere 1921-1925*.
332 De Felice, *Mussolini il fascista*
II. *L'organizzazione dello stato fascista 1925-1929*.
333 Hawthorne, *La lettera scarlatta* (4ª ed.)
334 Orengo, *Dogana d'amore*.
335 Vassalli, *Il Cigno*.
336 Böll, *Vai troppo spesso a Heidelberg*.
337 Maiello, *Storia del calendario*.
338 Cesare, *La guerra gallica*.
339 McEwan, *Lettera a Berlino*.
340 Schneider, *Le voci del mondo* (2ª ed.).
341 De Felice, *Mussolini il duce*
I. *Gli anni del consenso 1929-1936*.
342 De Felice, *Mussolini il fascista*
II. *Lo Stato totalitario 1936-1940*.
343 Cervantes, *La gitanilla* (Serie bilingue).
344 Dostoevskij, *Notti bianche* (Serie bilingue).
345 N. Ginzburg, *Tutti i nostri ieri* (2ª ed.).
346 Breton, *Antologia dello humor nero*.
347 Maupassant, *Una vita* (Serie Scrittori tradotti da scrittori).
348 Pessoa, *Il marinaio* (Serie Scrittori tradotti da scrittori) (2ª ed.).
349 Stevenson, *Lo strano caso del Dr. Jekyll e del Sig. Hyde* (Serie Scrittori tradotti da scrittori).
350 London, *Il richiamo della foresta* (Serie Scrittori tradotti da scrittori).
351 Burgess, *Arancia meccanica* (3ª ed.).
352 Byatt, *Angeli e insetti*.
353 Wittkower, *Nati sotto Saturno* (2ª ed.).
354 Least Heat-Moon, *Prateria. Una mappa in profondità* (2ª ed.).
355 Soriano, *Artisti, pazzi e criminali*.
356 Saramago, *L'anno della morte di Ricardo Reis* (2ª ed.).
357 Le Goff, *La nascita del Purgatorio*.
358 Del Giudice, *Lo stadio di Wimbledon*.
359 Flaubert, *Bouvard e Pécuchet*.
360 Pinter, *Teatro* (Volume primo).
361 *Lettere al primo amore*.
362 Yehoshua, *Il signor Mani* (3ª ed.).
363 Goethe, *Le affinità elettive* (2ª ed.).
364 Maraini, *L'età del malessere* (4ª ed.).
365 Maugham, *Racconti dei Mari del Sud*.
366 McCarthy, *Cavalli selvaggi* (3ª ed.).
367 Antonelli, Delogu, De Luca, *Fuori tutti* (Stile libero).
368 Kerouac, Dylan, Ginsberg, Burroughs, Ferlinghetti e altri, *Battuti & Beati. I Beat raccontati dai Beat* (Stile libero).
369 Norman X e Monique Z, *Norman e Monique. La storia segreta di un amore nato nel ciberspazio* (Stile libero).
370 Cerami, *Consigli a un giovane scrittore* (Stile libero) (4ª ed.).
371 Puig, *Il bacio della donna ragno*.
372 Purdy, *Rose e cenere*.
373 Benjamin, *Sull'hascisch*.
374 Levi (Primo), *I racconti* (2ª ed.).
375 De Carlo, *Yucatan*.
376 Gandhi, *Teoria e pratica della nonviolenza*.
377 Ellis, *Meno di zero* (2ª ed.).
378 Ben Jelloun, *Lo scrivano*.
379 Hugo, *Notre-Dame de Paris* (2ª ed.).
380 Bardo Thödol, *Libro dei morti tibetano*.

381 Mancinelli, *I tre cavalieri del Graal*. (2ª ed.).
382 Roberto Benigni, *E l'alluce fu* (Stile libero). (6ª ed.).
383 Gibson, Ferret, Cadigan, Di Filippo, Sterling, Swanwick, Rucker e altri, *Cuori elettrici. Antologia essenziale del cyberpunk* (Stile libero).
384 Cortázar, *Bestiario*.
385 Frame, *Un angelo alla mia tavola* (2ª ed.).
386 L. Romano, *Le parole tra noi leggere*.
387 Fenoglio, *La paga del sabato*.
388 Maupassant, *Racconti di vita parigina*.
389 aa.vv., *Fantasmi di Terra, Aria, Fuoco e Acqua*. A cura di Malcolm Skey.
390 Queneau, *Pierrot amico mio*.
391 Magris, *Il mito absburgico* (2ª ed.).
392 Briggs, *Fiabe popolari inglesi*.
393 Bulgakov, *Il Maestro e Margherita* (2ª ed.).
394 A. Gobetti, *Diario partigiano*.
395 De Felice, *Mussolini l'alleato 1940-43*.
I. *Dalla guerra «breve» alla guerra lunga*.
396 De Felice, *Mussolini l'alleato 1940-43*.
II. *Crisi e agonia del regime*.
397 James, *Racconti italiani*.
398 Lane, *I mercanti di Venezia*.
399 McEwan, *Primo amore, ultimi riti. Fra le lenzuola e altri racconti*.
400 aa.vv., *Gioventú cannibale* (Stile libero).
401 Verga, *I Malavoglia*.
402 O'Connor, *I veri credenti* (Stile libero) (2ª ed.).
403 Mutis, La *Neve dell'Ammiraglio*.
404 De Carlo, *Treno di panna*.
405 Mutis, *Ilona arriva con la pioggia*.
406 Rigoni Stern, *Arboreto salvatico*.
407 Poe, *I racconti*. Vol. I (Serie Scrittori tradotti da scrittori).
408 Poe, *I racconti*. Vol. II (Serie Scrittori tradotti da scrittori).
409 Poe, *I racconti*. Vol. III (Serie Scrittori tradotti da scrittori).
410 Pinter, *Teatro*. Vol. II.
411 Grahame, *Il vento nei salici*.
412 Ghosh, *Le linee d'ombra*.
413 Vojnovič, *Vita e straordinarie avventure del soldato Ivan Čonkin*.
414 Cerami, *La lepre*.
415 Cantarella, *I monaci di Cluny*.
416 Auster, *Moon Palace*.
417 Antelme, *La specie umana*.
418 Yehoshua, *Cinque stagioni*.
419 Mutis, *Un bel morir*.
420 Fenoglio, *La malora*.
421 Gawronski, *Guida al volontariato* (Stile libero).
422 Banks, *La legge di Bone*.
423 Kafka, *Punizioni* (Serie bilingue).
424 Melville, *Benito Cereno* (Serie bilingue).
425 P. Levi, *La tregua*.
426 Revelli, *Il mondo dei vinti*.
427 aa.vv., *Saggezza stellare* (Stile libero).
428 McEwan, *Cortesie per gli ospiti*.
429 Grasso, *Il bastardo di Mautàna*.
430 Soriano, *Pensare con i piedi*.
431 Ben Jelloun, *Le pareti della solitudine*.
432 Albertino, *Benissimo!* (Stile libero).
433 *Il libro delle preghiere*.
434 L. Romano, *Tetto murato*.
435 Saramago, *La zattera di pietra*.
436 N. Ginzburg, *La città e la casa*.
437 De Carlo, *Uccelli da gabbia e da voliera*.
438 Cooper, *Frisk* (Stile libero).
439 Barnes, *Una storia del mondo in 10 capitoli e ½*.
440 Mo Yan, *Sorgo rosso*.
441 Catullo, *Le poesie*.
442 Rigoni Stern, *Le stagioni di Giacomo*.
443 Mancinelli, *I casi del capitano Flores. Il mistero della sedia a rotelle*.
444 Ammaniti, *Branchie* (Stile libero).
445 Lodoli, *Diario di un millennio che fugge*.
446 McCarthy, *Oltre il confine*.

447 Gardiner, *La civiltà egizia*.

448 Voltaire, *Zadig* (Serie bilingue).

449 Poe, *Il crollo della casa Usher e altri racconti* (Serie bilingue).

450 Arena, De Caro, Troisi, *La smorfia* (Stile libero).

451 Rosselli, *Socialismo liberale*.